KB170972

지용

문학

독본

지용 문학독본

지은이 | 정지용

1판 1쇄 펴낸날 | 2014년 9월 30일

펴낸이 | 이주명
편집 | 문나영
출력 | 문형사
종이 | 화인페이퍼
인쇄 | 한영문화사
제본 | 한영제책사

펴낸곳 | 필맥
출판등록 | 제300-2003-63호
주소 | 서울시 서대문구 경기대로 58 (충정로2가) 경기빌딩 606호
홈페이지 | www.philmac.co.kr
전화 | 02-392-4491
팩스 | 02-392-4492

ISBN 978-89-97751-40-2 03810

잘못된 책은 바꾸어 드립니다.
값은 뒤표지에 있습니다.

이 도서의 국립중앙도서관 출판시도서목록(CIP)은 e-CIP홈페이지(http://www.nl.go.kr/cip.php)에서 이용하실 수 있습니다. (CIP제어번호 : CIP2014026418)

지용 문학 독본

정지용 지음

필맥

일러두기

이 책은 1948년 2월 5일에 발간됐던 시인 정지용(鄭芝溶, 1902~?)의 산문집 《지용 문학 독본(文學讀本)》을 되살린 것이다. 당시 박문출판사(博文出版社)를 통해 발간된 원본의 오탈자와 일부 표현상 오류는 바로잡았다. 표기는 지금의 한글 맞춤법과 외래어 표기법에 맞게 고쳐야 할 것을 최소한으로 고쳤다. 지금의 문법 기준에 맞지 않는 표기나 문장이라도 지금의 독자가 그 뜻을 이해하는 데 지장이 없는 것은 그대로 놔두었다. 가급적원문의 글맛을 살리기 위해서다. 구두점은 지금의 독자에게 익숙한 구두법을 기준으로 바꾸었다. 원본은 국한문 혼용으로 발간됐다. 그러나 이 책에서는 한글로만 표기해도 의미가 충분히 전달되는 낱말이나 어구는 한글로만 표기했고, 그렇지 않거나 기타 필요한경우에만 한문을 병기했다. 아울러 지금의 독자에게 생소한 낱말이나 표현에 대한 풀이와 배경설명 위주로 469개의 편집자 주석을 달았다. (편집자)

몇 마디 말씀

학생 때부터 장래 작가가 되고 싶던 것이 이내 기회가 돌아오지 아니한다.

학교를 마치고 잘못 교원노릇으로 나선 것이 더욱이 전쟁과 빈한 때문에 일평생에 좋은 때는 모조리 빼앗기고 말았다.

그동안에 시집 두 권을 냈다.

남들이 시인, 시인 하는 말이 너는 못난이, 못난이 하는 소리 같아 좋지 않았다. 나도 산문을 쓰면 쓴다, 태준[1]만치 쓰면 쓴다는 변명으로 산문 쓰기 연습으로 시험한 것이 책으로 한 권은 된다. 대개 〈수수어(愁誰語)〉[2]라는 이름 아래 신문, 잡지에 발표되었던 것들이다.

1947년 가을

지용

차례

사시안의 불행

조선말엔 꽃이름, 풀이름에 흉악하게 상스런 것이 많다.

오랑캐꽃, 문둥이나물, 도깨비꽃, 홀애비꽃 등등. 창피하여 소개할 수도 없는 것이 많다. 이제 날도 차차 풀려가니 일일이 찾아가 보라.

실상 얼마나 어여쁘고 고운 것들인지! 풀이름, 꽃이름에 이렇게 비(非)시적인데 어찌 인권(人權)엔들 인정적일 수 있으랴?

육체적 불구자에 붙이는 별명은 잔인하기 짝이 없다.

외통장이,[3] 절뚝발이, 코주부, 눈딱부리,[4] 곰보 등등. 사시안(斜視眼)은 '사팔뜨기'라고 한다. 사시안이 좀 '유머러스' 하기는 하지마는 '사팔뜨기'라면 먼저 소리가 경멸하는 소리가 된다.

그러나 나는 편의상 이 단문에서 '사팔뜨기'란 말을 사용하기로 한다. 사팔뜨기도 일종의 불구인 바에야 일종의 불행이라고 볼 수 있다.

불행한 경우가 많다. 어떠한 때가 불행한 경우이냐?

정면으로 압도적으로 걸어오는 미인을 만나는 경우에 사팔뜨기는 미인에게 호감을 살 수 없다.

미인이 미인인 바에는 노상에서 회고[5]는 경건치 못한 동작이겠으나 다소 정면주목을 베푸는 것이 미인의 긍지를 조장하는 것이 되겠는데 사팔뜨기는 '적의(敵意)'로 오해를 사게 된다.

오해가 일종의 불행이 아닐 수 있느냐? 또 다른 경우의 하나는 정면으로 젊은 친구의 부부가 박두하여 걸어오는 때다.

건전한 인사를 먼저 친구인 남편에게 하고 다음에 그의 부인에게 하게 된다. 그 다음 노상회화는 주로 친구인 남자와 주고받게 될 것인데 사팔뜨기의 시선은 주로 옆에 비켜 근신저립(謹慎佇立)[6]하여 있는 부인에게 집중된다.

부인이 불쾌하여 위치를 바꾸는 경우에 어차어피(於此於彼)[7]이것은 좀 더 중대한 불행이 아닐 수 없다.

다음 이야기는 문호 버나드 쇼 옹이 제공한 것이다.

어떤 사팔뜨기가 어떤 안과의에게 수술을 받았다.

(그 사팔뜨기가 우사시이었던지 좌사시이었던지 나는 모른다.)

수술을 받은 결과 그 사팔뜨기가 낫기는 나았다.

그러나 버쩍 다른 쪽으로 지나치게 붙여졌다.

다시 말하자면, 선천적 사시는 낫기는 나았으나 다시 후천적 사시로 방향전환한 것이다.

이 후천적 사팔뜨기의 자제가 그 안과의사의 오진을 지적하여 가

로되

"우리 아버지의 선천적 사시안의 수축된 신경을 안과의사가 지나치게 신장시킨 결과로 우리 아버지는 마침내 사팔뜨기가 된 것이다."

쇼 옹이 제공한 이야기는 이것으로 그친다. 이 사팔뜨기가 아들이 있었기에 망정이지 만일 없었더라면 다시 새로운 비극을 상정할 수 있다.

수술을 받았다는 안도감에서 묘령여성에게 약혼을 제의하여 먼저 제일차로 회견할 처소와 시간에서 직접 대면하는 신[8]을 상상하여 보라.

사팔뜨기는 묘령여성의 정면보담은 창외풍경에 열중한다는 오해로 회견의 결과는 성실치 못하고 말 것일가 한다.

오해는 일종의 불행에 그치랴? 이번이야말로 치명적 초중대한 불행이 아닐 수 없다.

이러한 불행에 대하여 다음과 같은 단안을 내릴 수 있다.

(1) 묘령여성에게는 하등의 책임도 없다.
(2) 사팔뜨기는 선천적 사시안의 책임만은 있으나
(3) 후천적 사시안의 책임은 전적으로 안과의사에게 한하여 있는 것이다.

우리는 이러한 안과의사의 기능에 또 한 가지 기대할 수 있는 것이 있다.

　말짱한 정시안일지라도 손만 대면 능히 사시안으로 만들 수 있는 기능을!

　이 안과의사가 안과 의업을 중지하고 정치적 지도자로 출마하는 경우를 상상하여 보자.

　눈에는 육체적 안구 이외에 정치적 안목이라는 눈도 있다.

　무수한 정치안목적 사팔뜨기의 대범람!

공동제작

길버트슨 국장은 우수한 도자기 제작자요 조선 고공예 흠모자였다.

벽난로에 장작불을 훨석 지피고 전등불을 끊은 날 밤, 우리들의 대화는 절로 즐거울 수밖에 없었다.

"당신은 이조백자의 피부와 조선의 하늘을 보고 생각하고 할 수 있으시오?"

"나는 이조백자를 안고 아메리카에 돌아가 조선의 하늘을 설명하기에 힘들지 않을까 하오."

"당신은 백자기의 피부를 찌르면 무슨 혈액이 삼출(渗出)'할지 짐작하시겠소?"

"서양자기에는 혈액이 내비칠 수 없으므로 그것은 육체를 갖지 않은 것만 분명하오."

"이조백자의 비뚤고 우그러진 자세를 어떻다 감상하시오?"

"조선의 자연과 함께 이조백자는 한 개의 '자연'으로 보오, 예술 이상의 '자연'으로."

"예술은 '자연'에 '인간'이 부가된 것인데 이조백자적 '자연'에서 '인간'을 제외하심은 무슨 아량이시오? 산맥이 비뚤듯 자기가 비뚤고 돌이 우글듯 우근 것이라기보담은, 이조백자는 적어도 이조 신분정치 시대에 양반과 광주분원 상놈 도공과 공동제작하였던 것이오."

　"어떻게?"

　"누르고 눌리고 뺏고 빼앗기던 관계로, 이조백자는 절로 비뚤고 우그러져 태생한 것이오."

　감격성 아메리카 예술가의 뺨에는 홍조가 오르고, 이조 백자기 피부 안에 흐르는 백성의 혈액은 선연(鮮姸)[10]하기가 그저 '고전예술' 만이 아니었다.

신앙과 결혼

X소좌는 퍼치 중위 사택 칵테일파티에서 농담을 하였다. 자기는 본래 가톨릭 신자가 아니었으나 자기 부인과 함께 결혼하기 위하여 가톨릭에 귀정(歸正)하였다가 결혼에 성공한 후 가톨릭을 버리었노라 했다.

"You are a profiteer of love! 당신은 연애의 모리배(謀利輩)이시구료."

"그러나 나의 안해가 나의 연애 모리(謀利)에 행복과 만족을 느끼므로 나의 모리에는, 나의 이득(利得)에는 부끄릴 배 없어 하오."

"당신의 연애 모리로 도리어 부인이 행복을 느끼실 바에야 당신네의 결혼에는 모리적 요소가 해소되지 않았소? 남은 것은 신앙에 대한 모리행위뿐이오."

신앙과 결혼, 결혼과 신앙 사이의 삼십팔도 선, 아메리카적 책임.

C양과 나의 소개장

알아낼 듯도 하고 모를 듯도 하여 망설이는 동안에, 우선 인사를 받았으니 인사에는 주저할 여유가 없다. 10년 이래 친한 사람에게 인사대답 하듯

"그동안 안녕하셨습니까?"

무의미한 웃음처럼 무의미한 것이 없거니와, 이러한 경우에 비즈니스적 인물은 흔히 무의미한 웃음을 웃는다.

내가 편집국에 나온 후 이러한 습관이 붙은 듯하다. 무의미한 웃음이란 그저 잇몸을 노출하는 이외에 다른 의미가 있을 리 없다.

말도 웃는다기에 자세히 보니, 그것이 말이 웃는다기보담은 말이 이를 전적으로 노출하는 이외에 아무것도 아니었다.

"저를 아시겠습니까?"

이제는 내가 곤란한 형편에 서있다.

"글쎄…요? 뵙기는 뵌 듯한데…"

"한번 Y빌딩 3층 R씨 방에서 뵌 C올시다."

"네, 네. 알았습니다. 아아, 참 실례하였습니다. 그동안 안녕하셨습니까?"

"저 좀 선생님께 청이 있어서 왔습니다."

"네, 화려한 손님의 청이신 바에야."

"제가 미국 유학을 가야겠는데 선생님 소개장을 얻으러 왔습니다."

"내 소개장도 효력이 발생할 시대가 왔습니까? 미국에서 저를 인정할 만한 무제한의 민주주의가 있습니까?"

"놀리지 마시고 써주십시오."

"네, 다음 월요일 오전에 오십시오."

월요일 아침에 정서한 나의 소개장의 내용.

C양은 내가 알고 이해하는 범위 안에서 내가 옹호하고 보증할 수밖에 없다.

C양은 내 유일의 친우라고 주장할 수는 없다. 왜 그런고 하니, 동양의 관습과 예의가 아직까지 이러한 사교적 용어를 신임하지 않는 까닭이다.

C양의 연령은 내가 알고자 아니하나, 나의 장녀가 살았으면 방년 22세이었을 테니 22세를 기준하여 30세까지 안으로 적의하게 요량할 뿐이다.

C양의 의지와 정서, 또는 건강상태는 그의 외모와 외양과 함께 적

정한 균형을 갖추었을 줄 확신한다.

소개장보다 인물이 직접적이다.

C양은 그의 가정과 함께 경건한 가톨릭 신자임을 보증한다.

C양은 서울 X여전 문과 출신임을 보증한다.

C양의 시(詩)와 문화에는 결점이 있음을 지적할 수 있다. 그의 시와 문화에는 청춘과 애정을 발견할 수 없다.

여학교를 마치고 결혼까지의 사이에 마땅히 있을 만한 시집(詩集)이 그에게 있기는 있다. 그러나 그의 시에는 애정에 관한 것을 찾아낼 수 없다.

C양은 꽃병에 꽃을 꽂아 놓고 시를 썼다.

C양의 시에 청춘과 애정이 없다는 것은 그의 가톨릭적 엄격에 책임이 있는 것이 아니라 무릇 동양적 여성탄압에서 오는 여성 함구령(緘口令) 또는 여성 집필정지(執筆停止)에서 오는 위선적 전통에 책임이 있다.

위선적 전통에서 쓴 C양의 시는 다소 위선적일 수밖에 없다.

C양은 미국 대학에 가서 교육학 전공을 지망한다.

C양은 올드미스 일로로 매진할 위험성이 있다.

소심하고 근신하고 침묵하고 근면한 조건만으로도 귀국 유학생 되기에 충분함을 확인하고, 또 주장하는 바이다.

C양과 나의 소개장, 춘풍일로(春風一路) 태평양을 건넌다.

녹음애 송시(綠陰愛誦詩)

춘잠(春蠶)[11]이 오르려고 한밤[12] 먹고 마금잠[13]을 잘 무렵이면 사람도 무척 곤하다.

누에도 머리를 치어든 채로 잠을 자려는데 누에를 치랴, 애기 젖 먹이랴, 남편 수발하랴 젊은 안해는 서서라도 졸리다.

때마침 뻐꾸기가 뽕나무 가지 위에서 유심히도 운다.

뻐꾸기 뽕나무 위에 앉아 새끼 일곱을 거나리놋다.

착한 안해요 옳은 남편, 그 거동이 한갈 같으이.

거동도 한갈 같거니 마음이사 맺은 닷하올시.

鳲鳩在桑 其子七兮

淑人君子 其儀一兮

其儀一兮 心如結兮 (시전(詩傳)[14])

낮에 나가 밭 갈기, 밤에 삼 낳기,[15]

마을 아낙네들 집일이 바뻐이.

아이들 철없어 농사일 알 리 있나,

뽕나무 그늘 옆, 외[16] 심기 배운다.

晝出耕田夜積麻

村莊兒女各當家

童孫未解供耕織

也傍桑陰學鍾瓜 (범성대(范成大)[17])

남은 뽕잎이 새로 짙어질 철이면, 다시 보리가을[18] 철로 든다.

돌다리와 떳집,[19] 후이 굽은 방천[20]에.

시냇물 졸졸 두 언덕 사이를 지나다.

개인 날 다사론 바람에 보리가 향기롭고야.

푸른 잎, 꽃다운 풀이 꽃철보담 나허이.

石梁茅屋在灣碕

流水濺濺度兩坡

晴日暖風生麥氣

綠陰芳草勝花時 (왕안석(王安石)[21])

벚꽃이며 살구꽃, 배꽃, 복사꽃은 길지 못하다.

　하룻저녁 모진 비바람에 씻긴 듯 사라지면 산이며 들이며 마을은
붉으죽죽하고 흐릿하고 게슴츠레하고 나릇한 누더기를 아주 벗는

다.

사월달 맑고 고르와 비 활짝 개고 보니,
문에 마주 선 남산이 분명도 하이.
버들개아지 다시는 바람 따라 일지 않거니,
해바라기꽃만이 해를 따라 도노매라.

四月淸和雨乍晴

南山當戶轉分明

更無柳絮因風起

惟有葵花向日傾 (사마광(司馬光)[22])

해바라기꽃이 이 철에 핀다 하기는 그것은 한토(漢土)[23]에 있는 일이요, 그 대신에 이 땅에서는 몇 날이 아니 가서 석류꽃을 보리라.

석류꽃 잎에 어울려 봉오리 지고 보니,
느티나무 그늘 침침하니 비올 듯도 하이.
집 적고 휘진 곳이라 오는 이도 없고야,
삿삿히[24] 밟은 새 발자옥 이끼마다 놓였고녀.

榴花映葉未全開

槐影沈沈雨勢來

小院地偏人不到

滿庭鳥跡印蒼苔 (사마광)

어디로 둘러보아야 창창한 녹음이라. 녹음을 푸른 밤으로 비길지면 석류꽃은 켜들은 붉은 촛불이요, 녹음을 바다에 견줄지면 석류꽃은 깊숙이 새로 돋은 산호송이로다.

구름

보들레르[25]는 구름을 사랑할 만한 사람이었던가?

보들레르는 구름을 사랑하였다기보담은 구름에게 흔히 넋을 잃은 것이었다.

애인(愛人)이 손수 나수어온[26] 수프를 앞에 받아 놓고도 마실 것을 잊었다.

창밖의 개인 하늘에 구름이 하도 희고 고왔던 까닭이었다.

애인은 그의 등을 치며 수프 마시기를 경고(警告)하도록 그는 한눈을 팔았던 것이다.

수프를 마시기란 가볍고 쉬운 노릇을, 그 겨를에도 한눈을 팔아야 하는 보들레르는 혹은 구름에 인색하고 수프에 등한한 사람이었던가?

마침내 구름을 바라보며 수프를 마심으로 그쳤을 것이로되 사나이란 흔히 수프보담은 구름에 팔리는 수가 있고, 애정보담은 수프를 마시는 그러한 슬픈 버릇이 없지도 않다.

보들레르의 애인뿐이랴? 여인은 대개 구름이 그처럼 좋지는 않았다. 그리하여 여인의 살림살이란 수프와 애정을 나름으로 제한되고 만다.

그럴 수밖에 없는 것이, 이 수증기를 달아올려 세운, 움직이는 건축, 너무도 공상적인 방대한 구성, 허망한 미학, 그러한 것들이 여인의 심미(審美)에 맞을 까닭이 없는 것이요, 마침내 염생이[27] 수염만한 것일지라도 수염을 가질 수 있는 사나이의 취향에 합하는 것이 구름이 아니었던가!

구름의 무슨 업적이라든가, 혹은 그의 행지(行止)[28]의 가지가지를 논의하려는 것이 아니다.

또는 무슨 악의와 불길한 징조를 품은 그러한 구름 이야기도 아니요, 바다와 호수의 신경과 표정에 쉴 새 없이 영향을 주는 그러한 구름의 빛깔을 풀이하려는 것도 아니다.

오월 하늘, 말끔히 개인 한 폭이 푸르면 어쩌면 저렇다시도 푸른 것일까! 땅 위에는 아직도 게으르고 부질없는 장난을 즐기는 사람들이 준동하고 있는 상태라, 예를 들면 낙서와 같은 것이라 무엇으로나 쓱쓱 그어보고 싶기도 한 푸른 하늘에 걸려있는 무용한 한만(閑漫)[29]한 흰구름을 이야기하자는 것이다.

보라! 울창한 송목[30]이 마을 어구에 늘어선 그 위로 이제 백목단(白牧丹)[31]처럼 피어오르는 저 구름송이를!

포기포기 돋아 오르는, 접치고 터져 나오는 양이 금시에 서그럭 서그럭 소리가 들릴 듯도 하지 아니한가?

습기를 한 점도 머금지 아니 한 그러한 흰구름이 아니고 보면 우리가 이렇게 넋을 잃고 감탄할 수가 없다.

비는 잠간 사뜻 밟고 지나간 것밖에 아니 된다. 그것도 아침나절 잠간 사이에.

그만만 하여도 산과 들은 청개구리 등이 척추로 이등분되듯이 선연하게도 새로 나서는 것이다. 그저 푸르고 더 푸른 구별뿐인, 푸른 세계가 아주 개었고나! 그 우에 흰구름이란 그저 호화스런 회화적 의도 이외에 아무것도 아니고 만다.

구름이 저렇게 희고 선량할 바에야 애초에 나의 일요일을 망쳐놓을 리가 있나?

구름은 자랐다, 모르는 동안에.

구름은 움직인다. 차라리 몽긋몽긋 도는 것이다. 도는 치차(齒車)[32] 위에 치차가 돌듯이 구름은 서로 돈다.

고대 애급[33]의 건축처럼 무척이도 굉장하고나.

금시금시 돋아 오르는 황당한 도시가 전개되었고나.

어쩐지 구름은 허세를 피우는 것이라고나. 무척이도 적막한 궁전이고 보니깐 그럴 수밖에?

그러기에 체펠린[34]이고 비행기고 지나가기에 지장이 없게 하는 것이요, 때로는 기구와 솔개를 불러올리는 것이다.

구름은 대체 무슨 의미로 저렇게 변화하는 것이냐?

일어섰다가 엄청나게 무너졌다가 다시 흩었다가 주욱 펴는 것이 아닌가.

무슨 이유로 불시로 횡진(橫陣)[35]을 펴는 것일까?

냉큼하게도 아주 숨어버리는 것이 아닌가!

뒤떨어져서 탱크처럼 굴러가는 한 덩이 구름은 무슨 일일까?

혹은 구석에 흘려 떨어진 손수건처럼 구기어진 한낱 구름!

그보다도 하리잇하게, 오오, 귀중한 청자기의 육체에 유유한 세월이 흐리우고 간 고혼 손때와 같은 한 바람 실오라기 구름!

별똥이 떨어진 곳

밤뒤[36]를 보며 쪼그리고 앉아 있으려면 앞집 감나무 위에 까치 둥어리가 무섭고, 제 그림자가 움직여도 무서웠다. 퍽 치운 밤이었다. 할머니만 자꾸 부르고, 할머니가 자꾸 대답하시어야 하였고, 할머니가 딴 데를 보지나 아니 하시나 하고 걱정이었다.

아이들 밤뒤 보는 데는 닭 보고 묵은세배[37]를 하면 낫는다고 닭 보고 절을 하라고 하시었다. 그렇게 괴로운 일도 아니었고, 부끄러워 참기 어려운 일도 아니었다. 둥어리 안의 닭도 절을 받고 꼬르르 꼬르르 소리를 하였다.

별똥을 먹으면 오래 오래 산다는 것이었다. 별똥을 주워왔다는 사람이 있었다. 그날 밤에도 별똥이 찌익 화살처럼 떨어졌었다. 아저씨가 한번 모초라기[38]를 산 채로 홈켜 잡아온, 뒷산 솔푸데기[39] 속으로 분명 바로 떨어졌었다.

별똥 떨어진 곳

마음해 두었다
다음날 가보려
벼르다 벼르다
인젠 다 자랐소.

가장 시원한 이야기

그날 밤 더위란 난생 처음 당하는 것이었다. 새로 한 시가 지나면 웬만할까 한 것이 웬걸 두 시, 세 시가 되어도 한결같이 찌는 것이었다. 서령 바람 한 점이 있기로서니 무엇에 쓸까마는 끝끝내 바람 한점이 없었다. 신을 끌고 나가서 뜰 앞에 선 나무 밑으로 갔다. 잎알하나 옴짓 아니 하는 것이었다. 옴짓거리나 아니 하나 볼까 하고 갸웃거려 보았다. 죽은 고기새끼 떼처럼 차라리 떠있는 것이었다. 나무도 더워서 죽은 것이었던가? 숨도 막혔거니와 기가 막혀서 가지를 흔들어 보았다. 흔들리기는 흔들리는 것이었다. 마음이 저으기 놓이는 것이었다. 참고 살기로 했다.

아무리 덥다 해도 제철이 오고 보면 이 나무에 새로운 바람이 깃들 것이겠기에!

더 좋은 데 가서

홍역, 압세기,[40] 양두발반,[41] 그리고 간기,[42] 백일해, 그러한 것들을 앓지 않고도 다시 소년이 될 수 있소?

그럴 수 있다면 다시 되어봄직도 하지요.

그러고 보면 아버지, 어머니도 젊으실 터이니까 아버지, 어머니를 따라 여기보다 더 좋은 데 가서 살겠소.

성당도 있고, 과수원, 목장도 있고, 산도 있고, 바다도 멀지 않고, 말을 실컷 탈 수 있고, 밤이면 마을사람만 모여도 음악회가 될 수 있는 데 가서, 선생이 쨍쨍거리지 않아도, 시험을 극성스럽게 뵈지 않아도 질겁게, 질겁게 공부하겠소.

날은 풀리며 벗은 앓으며

오면가면 하는 터이요 며칠 못 보면 궁거워[43] 하는 사이나 별로 전화를 거는 일이란 없던 사람이 그때 전화를 걸었던 것을 보면, 무슨 대수로운 부탁이 있었던 것도 아니었는데 자기 딴에는 아찔한 고적감(孤寂感)을 느끼었던 것인가 생각된다.

수화기에 앵앵거리는 소리로 즉시 그 사람인 줄 알았으매

"아, 언제 왔던가? 그래 춘부장 환후는 쾌차하신가? 근데 자네 전화 어디서 거는 것인가?"

"나왔다가 거는데, 아버지 병환이 몹시 위중하시다가 겨우 돌리신 것 뵙고 왔네."

"여보게, 하여간 있다가 자네 댁에 감세, 저녁때 감세."

그러자 상학종(上學鐘)[44]이 울자 나는 황황히 전화를 끊었다.

그러나 이제 생각하면 그때 그 사람의 말소리란 전류를 통해서도 확실히 힘없고 하잔한[45] 것임에 틀림없었다.

그러니까 그것이 바로 세브란스에서 심상치 않은 진단을 받고서

33

암담한 심경에 그래도 벗이라고 전화로 불러보고 싶었던 것이 아닌가 싶다.

어디서 전화를 거노라는 것은 가벼이 기이고[46] 다만 곧 만났으면 하는 생각이 가까운 벗에게 먼저 옮기었던 것인가 생각하니 고마울 뿐이다.

설마 무슨 일이 있으랴 하고 그날 저녁에 가겠다고 한 것이 그 다음날 밤에야 가게 되었다.

그 사람이 거처하는 방이 볕이 잘 아니 드는 방이라 갈 때마다 마땅치 않은 양으로 말을 하여온 터이지마는, 그날 밤에도 좁고 외풍이 심한 방에 불이 빠안히 켜있는데 그 사람은 목에 풀솜[47]을 감고 쪼그리고 있었다.

들어가면서 앉기 전 첫인사로

"시골 가서 메기를 잡는 대신 감기를 잡아왔네 그려."

별로 대꾸가 있어야 할 인사도 아니고 보니 그 사람은 그저 빙긋이 웃었을 뿐이요, R여사는 자리를 사양하고 안으로 들어갔었던 것이다.

자기 어르신네 중환으로 급거히 내려간 후 시탕범절(侍湯凡節)[48]로 몇 밤을 밝히게 되고 한 탓으로 다시 감기가 들리어 목이 아프고 열이 높고 하기에 겨우겨우 올라와 세브란스엘 갔더니 의사 말이 본병(本病)[49]이 아주 악화되었다는 것이요, 목에 심상치 않은 징후가 일어났다는 것이었다.

"감기로 편도선이 부어오른 것이지 별것이겠는가"라고 나는 그렇게 바로 짐작하였던 것이다.

은주전자에 술이 따뜻이 데워 나오고 전유어[50] 접시가 놓이었다.

그러니까 그것이 지난 음력 섣달 그믐날 밤이었다.

"자네 부인이 인제 나를 주객으로 대접하시는 모양일세 그려. 술을 내가 좋아하는 줄 아나? 술이란 결국 지기(知己)[51]가 될 수 없는 것일네 역시 괴로운 노릇에 지나지 않는 것인데."

그날사말고[52] 나의 심기가 그다지 고르지 못한 탓도 있었겠지마는 나의 가림 없는 말에 그 사람은 옳은 말인 양으로 머리로 대답하는 것이었다.

은각지잔[53]으로 한 다섯쯤 되는 것을 혼자 기울이게 되었고, 더운 김이 가시기 전 전유어는 입을 당길 만한 것이었다.

혼혼히 더워오는 몸에 나는 그 사람을 중환자라고 헤아릴 것을 잊고, 그 사람 역시 나를 평소에 실없지는 않은 떠버리로 여기고 하는 터이므로 그날 밤에도 양력 초하룻날 아침에 만물상(萬物相)[54]에를 오른 자랑이며 옥류동(玉流洞)[55] 눈을 밟고 온 이야기를 신이 나서 하였던 것이다.

개골산(皆骨山)[56] 눈을 밟으며 읊아온 시를 풍을 쳐가며 낭음(朗吟)[57]해 들리면 자기가 한 노릇인 양으로 좋아하던 것이었다.

일어나 나오는 길에 정황 없는 중에도 대문까지 나와 나를 보내며

"학교에서 나오는 길에 자주 좀 들리게."

그 소리가 전보다도 힘이 없이 가라앉은 소리였음에 틀림없다.

그날 밤까지도 과연 그 사람의 병이 그렇게 중한 것인 줄은 전혀 몰랐던 것이다.

그러나 그 사람이 여름, 가을철보다도 치위로 다가들면서는 전보다 현저히 못한 줄은 나도 살피었던 바이기도 하여서 어쩐지 막연하고 불안한 생각이 돌아오는 길에 내쳐 있었던 것이요, 이래저래 그리하였던 것이든지 나이라고 한 살 더 먹은 보람인지 세상이 실로 괴롭고 진정 쓸쓸히 느껴지던 것이었다.

새해로 들어 첫정월도 다 가고 보니 날씨도 저으기 풀리고 밤바람일망정 품을 헤치고 들어올 듯이 차지 않았다.

"이 사람이 이 해동 무렵을 고이 넘기어야 할 터인데…" 중얼거리기도 하며 밤걸음을 홀로 옮기던 것이었다.

남병사(南病舍) 7호실의 봄

오존(Ozone)에서는 무슨 경금속의 냄새가 난다. 배리잇하고 산산한 냄새가 그다지 유쾌한 것은 아니나 호흡이 저으기 쾌활해지기도 할 것이렷다. 라디오 장치처럼 된 궤짝에서 한종일 밤새도록 이 유조로운 기체가 새어나오는 것이다. 냄새뿐이 아니라 푸지지 푸지지 하는 소리가 겨우 들리기는 하나 고막에 가려울 정도로 계속한다.

어찌하였든 앓는 사람의 폐를 얼마쯤이라도 깨끗이 할 수 있는 일이면 무슨 노릇이라도 해야 한다.

R여사는 아침부터 밤 아홉 시까지 줄곧 서서 간호를 하게 되고, K군은 밤 아홉 시 이후 아침 출근시간 전까지 교대로 옆을 뜨지 못하게 되는 것이다. 그 외에 몇몇 친구들이 있으나 모시고 거느리고 사는 데 매인 신세들이 되어서 잘 해야 오후 네 시를 지나거나 혹은 일요일을 타서 잠깐씩 들려 앓는 사람을 묵묵히 위로하고 갈 뿐이다.

주치의의 이름으로 '면회사절'이라고 써 붙이었으나 그것이 몇몇 사람들에게까지도 그다지 엄격하게 실행되어야만 할 것이라면 좀 가혹한 일이 아닐 수 없고, 평소에 벗을 좋아하던 않는 사람으로 보아서도 외롭고 지리한 병상에서 몇몇 사람을 대하기란 심신이 저으기 밝아질 수 있는 일이기도 할 것이다.

급기야 만나고 보아야 누운 사람과 선 사람들 사이에 별로 말이 있을 수 없다. 목이 착 쉬어 발음을 할 수 없는 사람을 대하여 열심스럽게 회화를 바꾸고 한댓자 그 사람을 그만치 소모시킬 것이 되겠으므로 절로 말이 삼가게 되는 것이다.

그러나 아주 오롯한 침묵이란 이 방 안에서 금(金) 노릇을 할 수 없는 것이, 입을 딱 봉하고 서로 얼굴만 고누기[58]란 무엇이라 형용할 수 없는 긴장한 마음에 견딜 수 없는 까닭이다.

그뿐이랴. 남쪽 유리로 째앵하게 들이쪼이는 입춘, 우수를 지난 봄볕이 스팀의 온도와 어울리어 훗훗이 덥기까지 한데 오존의 냄새란 냄새 스스로가 봄다운 홍분을 하는 것일지도 모르겠다.

그러나 이 방안에서 오존의 공로를 생각할 때 애초에 불평을 가질 수 없는 것이나 저으기 불안한 압박감을 주는 것이요, 30분 이상 견디기에 가벼이 초조하여지기도 하는 것이다.

원래 사람의 폐를 위해서는 문을 굳이 닫고 오존을 맡느니보담은 문을 훨훨 열고 아직도 머뭇거리는 얼음과 눈을 밟고 다정히도 걸어오는 새로운 계절의 바람을 맞는 것이 좋기야 좀도 좋으랴. 그러나 소맷자락으로 일은 바람으로도 이 사람을 상(傷)울사 한데 어찌 창을 열 법도 할 일이랴.

조심조심히 입문을 열어 위로 될 수 없는 위로의 말머리를 지어

보기도 한다.

　미음을 치릅보새기로 하루에 셋을 마시었다면 그것이 중병에 누운 사람으로서는 차라리 칭찬을 받게 되는 것이요, 며칠씩 설친 잠을 다섯 시간 이상 잔 밤이 있을 양이면 그것은 큰 보람을 세운 것인 양으로 키우어 치하하게 된다.

　앓는 사람은 어린아이 같은 심정을 가질 수도 있는 것이기도 한가 보다.

　무슨 말을 발(發)하고도 싶은 표정이나 아픈 후두가 사리게 하므로 여위고 핼쑥한 뺨을 가벼이 흩어 미소를 보이기도 한다. 저으기 안심하는 양이며 희망이 나타나 보이는 웃음이 아닐 수도 없다.

　위로가 반드시 위로의 말이어야만 할 것이 아니라 달리라도 효과를 낼 수 있을 양이면 할 만한 것이니 허우룩이 솟아오른 수염터전이 하여간 삼각수(三角鬚)[59]인 것에 틀림없으므로 무장 관우의 풍모와 방불하다는 양으로 기식(氣息)[60]이 가쁜 사람을 도리어 가벼이 희롱하기도 한다. 아니들 웃을 수 없는 일이기도 하다.

　남자가 삼십이 지난 나이가 되고 보면 이만한 나룻과 염을 갖출 수 있는 것이었던가, 달포 가까이 입원한 동안에 이렇게 짙을 수 있는 것이런가, 새삼스럽게 놀랍기도 하다.

　이러는 동안에도 흰옷 입은 의사며 간호부가 한껏 정숙한 행지[61]로 맥과 열을 살피고 나가는 것이고, 묻는 말에도 대답을 사릴 뿐이다.

　잠시를 거르지 못하고 뱉게 되는 침에 목이 실로 아픈 모양이요,

눈가에 돋은 주름살과 홍조로 심상치 않은 피로를 짐작할 수 있다. 앓는 사람이야 오죽하랴마는 사람의 생명이란 진정 괴로운 것임을 소리 없이 탄식 아니 할 수 없다. 계절과 계절이 서로 바뀔 때 무형(無形)한 수레바퀴에 쓰라린 마찰을 받아야만 하는 사람의 육신과 건강이란 실로 슬픈 것이 아닐 수 없다.

매화가 트기에 넉넉하고, 언 흙도 흐물흐물 녹아지고, 동(冬) 섣달 엎드렸던 게도 기어 나와 다사론 바람을 쏘일 이 좋은 때에 오오! 사람의 일은 어이 이리 정황 없이 지나는 것이랴. 앓는 벗이 며칠 동안에 헌출히 나을 수야 있으랴마는 이 고비를 넘어서서 빠듯이 버티고 살아나야 하리로다.

서왕록(逝往錄)[62]—상

성 안에 들어갈 만한 일이 있음에도 집에 그대로 배기기가 무슨 행복과 같이 여겨지는 일요일. 하루 종일 비가 와도 좋다고 하였다.

보리가을 철답게 산산한 아침에 하늘이 끄므레하기는 하나 구름이 포기기를 엷게 하고, 빗낱이 들기는 할지라도 그대로 맞고 나가는 것이 촉촉하여 좋을 것 같다.

오늘은 약현성당(藥峴聖堂)[63]에 아침 일곱 시 미사를 대여 갔다. 돌아오는 길에는 제법 빗발이 보인다. 아주 짙어 어우러진 녹음에 비추어 비껴 흐르는 빗발이야말로 실실이 모조리 볼 수가 있다. 깁실[64] 같이 투명하고 고운 비가 푸른 바탕에 수놓이는 듯하다.

비도 치근하게 구주레 오기가 싫어 조찰히 잠깐 밟고 가기가 원(願)이라, 소리가 있다면 녹음이 수런거리는 것으로 밖에 아니 들린다.

장끼 목쉰 소리에 뻐꾸기도 울었다.

별로 아침생각이 나지 않고, 부엌연기 마당에 돌고 도마 똑딱거리는 울안[65]으로 들고 싶지 않다. 내친걸음에 잔등이[66] 하나를 넘고 싶다.

퍼어런 속으로 뛰어 다니면 밤 자고 난 빈 위도 다시 청결히 물들어질 듯하다.

그러나 내게는 밀려나려온 잠이 있다. 늘어지게 자야 한숨이면 갚을 잠이 남아있다.

생애에 비애가 있다면 그러한 것은 어떻게든지 처치하기에 곤란한 것도 아니겠으나, 피로와 수면 같은 것이 도리어 마음대로 해결되지 못할 것이 무엇일까 모르겠다.

다시 눕기 전에 미리 집사람보고 단단히 부탁하여 두었더니 한밤처럼 자고 일어나도록 깨우지도 않았던 것이다.

캘린더는 토요일 퍼런 페이지대로 걸려있다. 그대로 두기로소니 나의 '일요일'에 아무 지장이 있을 리 없다.

아까운 이름이야 가리어 둠직도 하지 아니한가. 일요일도 한나절이 기울고 보니 토요가 일요보다 혹은 더 나은 날이었던 것일지도 모른다.

강진(康津) 벗 영랑(永郎)[67]으로부터 편지가 왔다. 그동안에 날씨는 씻은 듯 개었다.

… 그 이튿날 바로 집으로 왔으나 몸도 고단하고 하여 이제사 두어 자 적습니다. 시비(詩碑)와 유고집(遺稿集) 내는 것은 그날 산상(山上)에서 박 군의 춘부장께 잠깐 여쭈었더니 좋게 여기시는

것이었고, 시비는 소촌(素村) 앞 알맞은 곳으로 보아두었으나 경비가 불소(不少)할[68] 모양이오며, 하여간 유고집만은 원고를 가을까지는 정리하시도록 일보(一步)와 잘 상의하여 하시기 바랍니다. … 여름에는 한라산까지 배낭 지고 꼭 함께 동행하실 줄 믿습니다. …

그날 영등포까지 영구차 뒤를 따라가서 말 한마디 바꿀 수 없는 영별(永別)을 한 후로 반우(返虞)[69]에도 가보지 않은 채 이내 보름이 넘었다. 그러자 영랑의 편지를 받고 보니 심사의 한구석 빈터를 채울 수가 없다.

인사 겸사 훌훌히 일어나 가볼까 한 것이 어쩐지 오늘은 문안에 아니 들어가기로 결심을 해야 할 날이나 되는 듯이 의관을 차리고 나서기가 싫었다.

사나이가 삼십이 훨석 넘어서 만일 상처(喪妻)를 한달 것이면 다시 새로운 행복을 기대하기가 매우 어려울 것이리라. 친구를 잃은 것과 안해를 여읜다는 것을 한갈로 비길 것은 아니로되 삼십 평생에 정든 친구를 잃고 보면 다시 새로운 우정의 기쁨을 얻는다는 것은 진정 어려운 노릇에 틀림없다.

남녀간의 애정이란 의외에 속히 불붙는 것이요 상규(常規)를 벗는 경우에는 그야말로 전광석화의 보람을 내일 수도 있는 노릇이나 우정이란 그렇게 쉽사리 이루어질 수야 있으랴! 적어도 십 년은 갖은 곡절을 겪은 후라야 서로 사랑한다기보다도 서로 존경할 만한 데까지 갈 수 있는 것이 아니랴.

우정이란 대체 어떻게 이루어지는 것인지 알 수가 없다. 그러나 우정이란 연정도 아니요, 동호자끼리 즐길 수 있는 취미에서 반드시 친구가 될 수 있는 것도 아니요, 설령 정견이 다를지라도 극진한 벗이 될 수 있는 것이 아니었던가. 더군다나 기질이나 이해로 우정이 설 수 없는 것은 너무도 밝은 사실이다.

그러한 것으로 미루어 보면 친구는 안해와 흡사하다. 부부애와 우정이란 나이가 일러서 비롯하여 낫살이 든 뒤에야 둥글어지는 것이 아닐까?

서왕록-하

"선인(善人)과 선인의 사이가 아니면 우의(友誼)가 있을 수 없다."

—키케로[70]

내가 어찌 감히 선인의 짝이 될 수 있었으랴.

"악인도 때로는 기호를 같이 할 수 있고 증오를 같이 할 수 있고 공외(恐畏)를 같이 할 수 있는 것을 보아오는 바이나, 그러나 선인과 선인 사이의 우의라고 일컫는 바는 악인과 악인 사이에서는 붕당(朋黨)이다."—키케로

내가 스스로 악인인 것을 고백할 수도 없다.

스스로 악인인 것을 느끼고 말할 만한 것은 그것은 선인의 일이기 때문에!

"사람의 일이란 하잘것없는 것이요 또한 허탄한 것이므로 우리는 사랑하고 사랑받는 그 누구를 항시 구하지 않을 수 없다. 그 연고는 인애(仁愛)와 친절을 제거하여 버리면 무릇 희열이 인생에서 제거되고 말음이다."—키케로

이 논파(論破)로써 나 자신을 장식하기에 주저하지 아니 하겠다. 이 장식에서도 내가 제거된다면 대체 나는 헌 누더기를 골라 입으란 말이냐!

"그의 덕이 우의를 낳고 또한 지탱하는도다. 그리하여 덕이 없으면 우의가 결코 있을 수 없으니, 우인(友人)을 화합시키고 또한 보존하는 바자[71]는 덕인저! 덕인저!"—키케로

고인이 세상에 젊어 있을 때 그의 덕을 그에게 돌리지 못하였거니 이제 이것을 흰 종이쪽에 옮기어 쓰기도 슬픈 일이 아닐 수 없다.

고인의 부음을 들은 인사들을 만날 때마다 나는 고인의 형제나 근친이 받아야 할 만한 조위(弔慰)의 말씀을 들었던 것이다.

그의 덕을 조금도 따르지 못하였고 우의에 충실하지 못하였음에도 고인의 지우(知友)가 그를 아까워할 때에 내가 그와 함께 기억된 줄을 생각하니 두려운 일이다. 한편으로는 도적도 처는 누릴 수 있으나 오직 선인에게만 허락되었던 우의에 내가 십년을 포용되었음을 깨달았을 적에 나는 한 일이 없이 자랑스럽다. 나의 반생이 모르는 동안에 보람이 있었던 것이로구나!

짙은 꽃에 숨어 보이지 않더니
높은 가지에 소리 홀연 새로워라.
花蜜藏難見
枝高聽轉新 (두보(杜甫)[72])

법국이[73] 어디서 저다지 슬프고 맑은 소리를 울어 보내는 것일까. 법국이 우는 철이 길지 못하여 내가 설령 세상에서 다시 삼십 생애를 되풀이한다 할지라도 법국이 슬픈 소리로 헤일 수밖에 없지 아니하랴! 아아 애달픈지고! 고인은 덕의 소리와 향기를 끼치고 길이 갔도다.

우산

아무리 피한대도 비에 젖지 않을 수 있습니까. 미리 우장(雨裝)을 하고 나선 것도 아니고, 남의 상점 문 어구에서 열없이[74] 오래 서있기도 계면쩍은 일이요, 다시 우줄우줄 걸어 나서자니 비를 늣낫 맞게 됩니다. 그래도 비에 아주 내맡길 수도 없어서 몇 집 건너 다른 상점 문 어구에서 축축한 무료를 다시 느끼지 않을 수 없게 됩니다. 요컨대 "오늘은 비도 오고 하니 다음날 다시 만나세" 한마디로 획 헤어져서 지나는 전차를 잡아타든지 아조 택시에 맡기어 바로 집 문턱에다 대었으면 그만으로 그치고 말 것이 아닙니까. 병은 만나서 떨어지기 싫은 데 있습니다.

시골뜨기가 아닌 바에야 아침에 나서면서 천기를 미리 겁내어 우산을 집을 수도 없습니다. 우산 한 개가 무슨 짐이 되겠습니까마는 쾌(快)한 날씨에 큰 돌을 한 짐 차라리 지는 것이 장쾌하지, 말짱한 오후에 우산이란 실로 마뜩찮은 가구(家具)요 내동댕이치기에도 곤란한 것입니다.

아침부터 악수(惡水)[75]가 내리는 날이 아니면 우산을 동반할 수 없고 악수가 바로 그치면 대개 이발소나 드나드는 출판사에 맡기게 되는데 우산이란 완전히 부서지는 예보다는 흔히 유실되는 경우가 많습니다. 문화도시에 서식하는 당대 시민으로서 우산 따위한테 일일이 부자유를 느끼게 된다는 것은 그것으로 봉기할 문제야 되겠습니까마는 문화로서 다소 반성할 만한 거리가 아니겠습니까. 펴들면 그대로 얼마쯤 면적을 차지하게 되는 우산이기 때문에 교통이 여간 거추장스런 일이 아닐 수 없습니다. 그러니까 이것을 도시생활에서 아주 절영(絕影)[76]시킬 포부가 없지도 아니하니, 차도와 인도는 지금 시설대로 그대로 괜찮고 가두 양측에 즐비한 건축의 표면(表面)이 몇 걸음씩 쓱쓱 물러설 것이요 처마가 척척 앞으로 나설 것입니다. 현대 고층건축이 완비한 것이라면 예전 의미로서의 처마라든지 부연끝[77]이라든지 그리한 것을 생각할 만한 일이 아닐는지요.

생각은 여러 가지로 할 수 있으나 요컨대 변혁이 어려운 노릇이므로 산만한 우산의 풍습을 그대로 유지하기로 합시다. 다만 집집마다 반드시 몇 개를 갖기로 하되 언제든지 대기체재(待機體裁)[78]로 걸어둘 것이요, 지면이 있고 없고 간에 들어서면서 손만 쓱 들어도 즉시 내어 공급할 것입니다.

우산에 대한 소유관념을 일체 해소하되 그것이 아주 풍습이 돼야만 하겠습니다. 그러자면 있던 우산이 나갈 것이요, 다른 데서 들어올 것이요, 나갔던 것이 도로 돌아올 것입니다. 낡아서 무용하게 되면 누가 언제든지 적당한 처소에서 쉽게 버릴 수 있게. 그러나 이것이 문밖으로 나가서 다시 시골로 유실될 수도 있으리다마는 일 년에 몇 개씩 없앨 예산(豫算)[79]으로 하지요. 비오는 거리에서 비를 피하면서 우산 이야기가 너무 길었고 보니 심신이 더욱 구즐구즐하여 다시 껑충거리며 몇 집 뛰어 건너기로 하는데 우연히 만나서 도모지 떨어지지 못하는 것이 병입니다. 그렇다고 썰렁한 다방에 들려 탄산수나 홍차를 마시고 있기로 젖은 옷이 가뜬히 마를 수야 있으며, 친구도 유(類)가 달라 다방에서 헤어지고 말 수 없는 패가 있으니 자연 몇 집을 더 건너뛰는 동안에 비를 더 맞을지라도 이왕이면 의식하고 서두르지 않을 단골집을 찾게 됩니다. 후루룩 떨며 들어서며 좀 따뜻이 데워 달라는 말이 간단한 인사가 될 뿐이니 그리고 앉아야 몸도 풀어지고 차차 달아오르는 체온으로 비에 젖었던 것을 잊게 됩니다. 봄비에 젖은 몸을 결국 주량(酒量)으로 말리어 다시 입게 되는 것이니 우산을 아침에 아니 갖고 나와서 낭패 본 일이란 실로 근소하고, 결국 만나기만 하면 십 년 못 보았다 본 것처럼 좋은 것이 병입니다. 전등이 켜지고 벗의 얼굴은 불처럼 붉어지고 구변이 점점 유창하여지고 취기가 바야흐로 난만할 적에 밤이 깊어가는 것을 잊을 만할지라도 밖에 내리는 봄비가 굵어가는 것을 들을 수 있습니다.

열두 시 막전차[80]에서 내리어 한 십 분 남짓 걷는 호젓한 길에서 다시 젖을지라도 벗과 헤어진 후 우산이 새로 그리울 것이 있습니까. 그저 맞으며 걷지요. 꽃이 한창 어울리노라고 오는 춥지 않은 봄비에 다시 젖으렵니다. 젖고 휘즐은 옷이 마침내 안해한테 돌아

갈 것인데 나의 풍류가 안해한테는 다소 괴로운 일이 될 것이나 젖은 옷을 말리고 다리는 것이 안해의 즐거움이 아니어서야 쓰겠습니까?

합숙

합숙이라는 수면제도는 병대(兵隊)[81]나 운동선수층에 있을 만한 것이지 가련한 소녀들이 한다는 것이 특수한 경우 외에는 불행한 제도가 아닐까 생각됩니다.

　유학할 시절에 식사는 공동식당에서, 잠은 기숙사 방에서, 공부는 도서관에서, 강연과 친목회, 예배 같은 것은 홀에서, 무슨 대교시합(對校試合)[82] 같은 것이 있으면 합숙소에서 하면서 밤낮 머리와 어깨를 겨루던 여러 가지 공동생활이라는 것이 지금 돌아다보아 감개 깊은 것이 아닌 것은 아닙니다. 그러하였던 생활로 인하여 나의 청춘과 방종이 교정되었던 것이며, 이제 일개 사회인으로서 겨우 부비적거리며 살아나가기에 절대 효과적인 것이었을지도 모르겠습니다. 지금도 생활형태가 공동적인 것이 아닌 것은 아니나, 이제 다시 공동식당에서 설지 않으면 질어 터진 공기밥을 대한다든지 합숙소에서 밤중에 남의 팔굽이에 모가지가 감겨 숨이 막히어 잠을 깬다든지 발치의 잘못으로 남의 복부를 찬다든지 하는 단체기거를 계속

하겠느냐 하면 지금 나의 나이를 스물세 살로 바꿀 수 있다 할지라도 사양하겠습니다.

주일날 채플에서 숙숙연(肅肅然)히[83] 혹은 회회연(嬉嬉然)히[84] 열을 지어 돌아가는 여학부 기숙생 일행을 볼 때마다 그들의 화원의 호접(蝴蝶)[85] 같은 생활을 얼마쯤 선모(羨慕)[86]하지 않을 수 없었습니다마는 그것은 그럴 연령에 그러한 원거리모색적(遠距離摸索的)[87] 그런 심리에서 그렇게 생각되었을 것이지 남학부 기숙사 생활이 얼마나 삭막하였던 것이겠습니까. 한번은 육상경기 대회 날, 이날은 경기뿐만 아니라 전람회, 모의점(模擬店),[88] 가장행렬, 기숙사 공개 등 여러 가지 주최가 있는데 그 중에 기숙사 공개라는 것이 가장 바버리즘[89]을 발휘하는 것이었습니다.

제 몇 호실에서는 도어[90]에 '인축동거(人畜同居)'라고 써 붙였기에 보면 낡아빠진 다다미방에 난데없는 송아지가 한 마리 매여 있는가 하면 그 옆에서 도데라[91] 바람에 공부하는 흉내를 내는 학생들이 없나, 또 제 몇 호실 도어에는 '산송장의 진열'이라고 써 붙였기에 열고 보면 냄새가 훅훅 끼치는 더러운 솜이 비죽비죽 튀져나온 이불을 덮고 대낮에 눈을 허옇게 뜨고 즐비하게 드러누워 구경 온 여학생들을 깜짝 놀라게 하는 장발파(長髮派) 예과생들이 없나, 별별 괴상한 주최가 많았습니다.

그리하여서 퇴역 중좌로 학생감 겸 사감이 되신 M선생에게 침묵의 시위를 하는 것이 연중행사로 되었던 것입니다. 사람은 결국 자기가 경험한 것 이외에 말하지 못할 것이겠는데, 공동생활도 학생

생활처럼 약과 먹듯 쉬운 노릇이 어디 있었겠습니까. 여공 기숙생활이 퍽 음참(陰慘)[92]한 줄로 다소 면분(面分)[93]이 있는 여공에게 들은 일이 있었는데, 모 직조공장 견습여공이 한 푼 아니 쓰면 한 달에 일 원 오십 전이 떨어진다고 합니다. 기숙사 식비로 사 원 오십 전을 떼고 말입니다.

일 개월 식비가 매인분 사 원 오십 전씩이라면 대개 어떠한 영양소가 공급되는 것일지 상상하기 어렵습니다. 제일 숭늉이 뿌옇고 무슨 냄새가 나서 견딜 수가 없다는 것인데, 성숙한 여자로서 한 달에 한 번씩은 의례히 있을 신체에 관한 것이 몇 달씩 띄운다거나 있다 할지라도 극히 소분량이라는 것을 들었을 때 자기가 경험 못한 것은 결국 모르고 마는 것이니 얼마나 가엾고 무섭게 생각되었는지 모르겠습니다. 창백한 얼굴에 부당한 주름살까지 잡히었는데 그래도 무슨 화장료(化粧料)[94] 같은 것을 베푼 것을 보고 빈한이라는 것이 여자한테는 일층 더 치명상인 것을 느끼었습니다.

그래도 그 중에서도 서로 언니, 오빠를 정하고 의지하고 위로하고 몇 해 지난다는 말을 듣고 여자를 움직이는 것은 반드시 은전(銀錢),[95] 지화(紙貨)[96]인 것일까, 별로 신기롭지도 못한 반의(反意)를 품게 하는 것이었습니다. 그들은 본시 낭비할 줄을 모르는 사람들이기에 그 중에서 한 푼 모이는 재미도 아주 없지도 않을 것이나 십 수 시간 되는 근로가 끝난 후에 합숙실에 들어 누웠을 때 그들의 보수와 애착은 모다 반작반작하는 은전에 그치고 말 것입니까.

주장(酒場)[97]의 여급들도 후쿠오카, 교토, 도쿄 등지나 혹은 평양,

다롄 등지에서 고향과 가정을 떠나서 온 이가 많은 모양인데 대개 소속한 주장 2층에서 자기네끼리 합숙제도로 기거하며 밤마다 오전 두 시나 세 시에 한 방에 십여 명씩 자게 된다고 합니다. 대체 그들은 무엇에 정진하기 위한 합숙입니까. 그들은 밤마다 받들고 대하여야만 하는 인사가 모다 취하고 떠들고 노래 부르고 외설한 농담을 건네는 남자들뿐이겠는데, 그들은 역시 무슨 시합을 위한 운동선수들처럼 남편의 옷도 걸리지 않고 어린아이 울음소리도 나지 않는 2층에서 밤마다 합숙하고 정진해야 하는 것입니까. 그들은 눈썹을 그리고 머리를 지지고 화장도 몇 겹씩 하고 편신기라(遍身綺羅)[98]를 감았으며 홍등에 호접[99]처럼 요염할지라도 그들은 어찌하여 애절차탄(哀切嗟歎)[100]해야만 하는 것입니까. 무부(武夫)[101]의 관심이 반드시 금색찬란한 훈장에 있지 않겠는데 천생여인(天生麗人)[102]으로서 일체의 애착이 어찌 은화를 모으고 세는 데 있겠습니까.

다소 몽롱한 취안(醉眼)에 비치는 그들의 후두부[103]에 떠오르는 눈물겨운 서기(瑞氣)[104]가 저것은 무엇입니까. 빈고(貧苦)[105]라는 것은 무슨 덕과 같은 것이어서 그들에게 후광을 씌우는 것이오리까. 절색이면서도 빈한하기에 그들은 냉한 2층에서 혼기를 유실(流失)[106]하고 은화를 안고 합숙하여야 하는 것입니다.

다방 로빈 안의 연지 찍은 색시들

로빈(ROBIN)은 어린이들 양복과 여자옷을 단골로 지어 파는 양복가게였다.

크낙하지도 굉장할 것도 없었지마는 참하고 얌전한 집으로 그 호화스런 사조통(四條通)[107] 큰 거리에서도 이름이 높았었다. 로빈에서 지은 양복이라야 본격적 양장을 한 보람이 나던 것이었다.

그 집 진열장이 좁기는 하나 꽤 길어서 으리으리한 속으로 휘이 한번 돌아 나오는 맛이 불유쾌한 것이 아니었다.

꽃밭이나 대밭을 지날 즈음이나 고샷길[108] 산길을 밟을 적 심기가 따로따로 다를 수 있다면 가볍고 곱고 칠칠한 비단폭으로 지은 옷이 갖은 화초처럼 즐비하게 늘어선 사이를 슬치며 지나자면 그만치 감각이 바뀔 것이 아닌가.

로빈 양복가게에 걸린 어린이 양복에서는 어린아이 냄새가 났었고, 여자옷에서는 여자 냄새가 났었다.

암내, 지린내, 젖내, 기저귀내, 부스럼딱지내, 시퍼런 콧내, 흙내가 아조 섞이지 아니한 순수한 어린아이 냄새가 있을 수 있고 기름내, 분내, 크림내, 마늘내, 입내, 퀴퀴한내, 노르끼한내, 심하면 겨드랑내, 향수내, 앞치마내, 부뚜막내, 세수대야내, 자리옷내, 벼개내, 여우목도리내, 불건강한내, 혈행병(血行病)[109]내, 혹은 불결한 정조(貞操)내, 그러그러한 냄새가 통(通)히 아닌 여자냄새가 있을 수 있는 것이니 그것이 얼마나 신선하고 거룩한 것일까.

적어도 연잎 파릇한 냄새에 비길 것이로다. 로빈 양복가게가 흥성스럽던 것은 이러한 귀한 냄새를 풍길 수 있는 옷을 지어 걸고 팔고 하는 데 있었던 것일지 모른다.

그러나 어린이나 여자의 알맹이가 아직 들이끼워지기 전의 다만 옷감에서 오는 냄새란 실상 우스운 것이 아닌가.

드나드는 손님들 중에 반드시 긴한 손이 아닌 듯한 사방모(四方帽)[110]짜리나 여드름딱지 예과생 따위들이 그 앞으로 지나다간 부질없이 들러 휘이 돌아 나오곤 나오곤 하는 것이었다.

로빈 양복가게는 그만치 번창하고 말았다.

로빈 주인이 이러한 점을 이용하였던 것인지 양복가게에 다방이 새로 곁들게 된 것이었다.

다방 이름도 마자[111] '로빈(ROBIN)'.

다방 로빈 입구가 따로 난 것이 아니고, 양복점 로빈 진열장을 들어서서 걸린 옷 사이로 지나 안으로 들어가면, 열고 보면 문은 문이나 문이랄 게 대단하지 않은 문이 겨우 붙어있던 것이니, 문이 열고 닫히는 맛이 벨벳에 손이 닿는 듯이 소리가 없어서 들며 나며 하는 손님들도 그림자같이 가벼웠었다.

사박스럽게[112] 돌아가는 축음기 소리도 없었으니 원래 이야기소리가 죄용죄용하고 소근소근들 한 것이었기에 소리판[113] 소리그늘[114]을 빌어야 하도록 치근치근한[115] 말거리도 없었고, 통째로 쏟아놓는 사투리도 없었던 것이다.

차야 어느 집에 그만한 가음[116]이 없을까마는 차를 다리는 솜씨와 담긴 그릇이 다른 집과 달랐다. 작은 찻종 빛깔이나 차빛이나 불빛이나 온갖 장식품이나 벽빛, 천장빛, 마담의 옷감이나 모다 꼭 조화를 잃지 않아서 손님들의 품위나 회화도 역시 거기 따르게 되던 것이 아니었던가.

그보다도 그 집의 특색은 차 나르는 아이들이었는데, 많아야 열네 살쯤 된 시악시들이 삼사 인이 모두 꼭 같은 단발이마에 까만 원피스를 짜르게 해 입고 역시 까만 스타킹이며 까만 신을 가볍게 신었다.

두 볼에 돈짝[117]만큼 동그란 붉은 연지를 꼭 같이 찍은 것이 여간 그 집에 밝은 보람을 내인 것이 아니었다.

연지 찍은 것을 온당치 못하다고 트집을 잡는다면 할 수 없으나 그 집 아이들은 일제 말이 없었고, 설혹 용렬한 손[118]이 있어 엇비딱한 농을 걸지라도 그 아이들은 연꽃 봉오리처럼 복스런 볼에 경첩히[119] 웃음을 흩지 아니하였으니, 그럴 수밖에 없었던 것이 아무리 어리고 귀엽고 한 색시들일지라도 여자는 마침내 여자에 지나지 않고 보니 웃음이라도 조심 없이 흩어놓고 볼 양이면 못나게 구는 손이 없다 할지라도 그만한 일로 다방의 질서를 잃게 되는 것이 아니었던가.

하여간 그 집에 의젓하지 못한 것이란 하나도 없었으니 그 집에서 지어 팔던 어린애 양복에서 어린아이 냄새가, 여자옷에서 여자 냄새가 미리 풍기던 생생한 보람이야말로 그 집 다실(茶室)에서 나비처럼 바쁘기만 하던, 볼에 연지 찍은 어린 색시들로서 나던 것이나 아니었던가, 지금도 그렇게 생각한다.

압천상류(鴨川上流)—상

압천(鴨川)[120]의 수원이 어딘지는 모르고 말았다. 애써 찾아가 본다든지 또는 문서를 참고한다든지 지리에 취미가 있는 사람이고 보면 마땅히 할 만한 일을 아니 하고 여섯 해를 지냈다.

대개 중압(中鴨)[121]에서 하숙을 정하고 지냈으니, 하압(下鴨)[122]으로 말하면 도심지대에 듦으로 물이 더럽고 공기도 흐리고 여러 점으로서 있기가 싫었다. 그래도 중압쯤이나 올라와야만 여름이면 물가에 아침저녁으로 월견초(月見草)[123]가 노오랗게 흩어져 피고, 그 이름난 우선(友禪)[124]을 염색도 하여 말리고 표백도 하고 하였다. 원래 거기서 이르는 말이 압천 물에 헹군 비단이라야 윤이 칠칠하고 압천 물에 씻긴 피부라야만 옥같이 희다는 것이었다. 그래서 그런지는 몰라도 거기는 비단과 미인으로 이름난 곳이었다. 그러나 압천이란 내는 비올 철이면 흐르고 그렇지 않으면 아주 말라붙는 내다. 수석(漱石)[125]의 글에도 "압천 조약돌을 밟어 헤어 다하였다"라는 한 기행문 구절이 있었던 줄로 기억하고 있지마는, 물이 마르고 보면 조악돌이 켜켜이 앙상하게 드러나 있어서 부실한 겨울해나 비치고 할 때는 여간 쓸쓸하지 않았다.

여름철이 되어야만 역구풀[126]이 붉게 우거지고 밤으로 뜸부기도 울고 하는 것을, 한번은 그렇지 못한 때 지금 만주에 가있는 여수(麗水)[127]가 와 보고 "그래, 어디가 '역구풀 우거진 보금자리, 뜸부기 홀어멈 울음 우는 곳'이냐"고 매우 시시하니 말을 하기에 변명하기에 좀 어색한 적도 있었으나, 어찌하였든 나는 이 냇가에서 거닐고 앉고 부질없이 돌팔매질하고 달도 보고 생각도 하고 학기시험에 몰리어 노트를 들고 나와 누워서 보기도 하였다.

폭이 상당히 넓은 내가 되어서 다리가 여간 길지 않은 것이었다. 봄가을 비오는 날 이 다리를 굽 높은 나막신에 파란 지우산을 받고 거니는 정취란 업수히 여길 것이 아니었다. 광중류(廣重流)[128]의 부세화(浮世畵)[129]도 그러한 것이었기 때문에.

마주 서있는 비예산(比叡山)도 계절을 따라 맵시를 달리하고 흐리고 개는 날씨대로 자태를 바꾸는 것이었다. 이불을 쓰고 누운 것 같다는 동산(東山)도 바로 지척인데 익살스럽게 생긴 산이었다.

조선서는 길에서 인사만 좀 긴하게 하여도 무슨 트집을 잡아 말구실을 펼쳐놓고 하지마는, 거기서야 우산 하나에 사람은 둘이고 비는 오고 하면 마침내 한 우산 알[130]로 둘이 꼭 다가서 가는 수밖에 없지 않았던가. 그래도 워낙 꽃같이 젊은 사람들이고 보니깐 그러하고 가는 꼴을 보면 거깃사람들도 싫지 않을 정도로 가볍게 놀리기도 하던 것이었다.

다시 상압(上鴨)으로 올라가면 거기는 정말 촌이 되어 늪에 물이 철철 고여 있고 대수풀[131]이 우거지고 물레방아가 사철 돌고 동백꽃이 겨울에도 빨갛게 피고 있다. 겨울에도 물이 아니 얼고 풀도 마르지 않으니까 동백꽃이 붉은 것도 괴이치 아니하였다.

노는 날이면 우리들의 산보터로 아주 호젓하고 좋은 곳이었다. 거기서 다시 거슬러 올라가면 팔뢰(八瀨)라고 이르는 비예산 바로 밑에 널리어 있는 마을이 있는데 그 근처가 지금은 어찌 되었는지 모르나 그때쯤만 해도 거기 하천공사가 벌어지고 비예산 케이블카가 놓이는 때라 조선 노동자들이 굉장히 많이 쓰였던 것이다.

이른 봄철부터 일철이 되고 보면 일판이 흥성스러워졌다. 석공일은 몇몇 중국 사람들이 맡아 하고 그 대신 일공값[132]도 그 사람들은 훨씬 비쌌고 평(坪)뜨기,[133] 흙 져나르기, 목도질[134] 같은 일은 모두 조선 토공들이 맡아 하였지만 삯전이 매우 헐하였다는 것이다.

수백 명씩 모이어 설레는 일판에 합비 따위 노동복들은 입었지만 동여맨 수건 틈으로 날른대는 상투를 그대로 달고 온 사람들도 많았다.

째앵한 봄볕에 아지랑이는 먼불 타듯 하고 종달새 한껏 떠올라 지즐거리는데, 그들은 조선의 흙빛 같은 얼굴이며 우리라야 알아듣는 왁살스런 사투리며 육자배기, 산타령, 아리랑, 그러한 것들을 그대로 가지고 온 것이었다.

압천상류—하

그 단순하고 소박한 일군들도 웬 까닭인지 그곳 물을 몇 달 마시고 나면 거칠고 사납고 하룻강아지 범 무서운 줄 모른다는 셈인지 십장에게 뭇매를 앵겼다는 등 순사를 때려주었다는 등 차차 코가 세어지는 것이었다. 맞댐으로[135] 만나 따지고 보면 별수없이 좋은 사람들이었지만 얼굴표정이 잔뜩 질려 보이고 목자[136]가 험하게 찢어져 있고 하여 세루양복[137]에 머리를 갈랐거나 치마 대신에 하카마,[138] 저고리 대신에 기모노를 입었다는 이유만으로 욕을 막 퍼붓고 희학질[139]이 여간 심한 것이 아니었다. 우리가 조금도 못 알아듣는 줄로만 알고 하는 욕이지마는 실상 그것을 탓을 하자고 보면 살이 부들부들 떨릴 소리를 하는 것이다. 그러나 우리는 조금도 어찌 여기지 않고 끝까지 모르는 표정으로 그들의 옆을 천연스레 지나간 것이었다. 우리가 조금도 모를 리 없는 욕설이지만 진기하기 짝이 없는 욕들이다. 셰익스피어 극 대사의 해괴한 욕을 사전을 찾아가며 공부도 하는 터에 실제로 모르는 척하고 듣는 것이 흥미 없는 것도 아니었다. 그러나 좀 얼굴이 붉어질 소리를 하는 데는 우리는 서로 얼굴을 피하였다.

뻔히 알아들을 소리를 애초 모르는 체하는 그러한 것이 이를테면 교양의 힘일 것이리라.

그러나 만일 그들이 별안간 삽으로 흙을 떠서 냅다 뒤집어씌운다면 어떠한 대책이 설 수 있을까 할 때에 나는 절로 긴장하여지고, 어깨를 떡 펴고 얼굴과 눈을 좀 엄혹하게 유지하고 또 주시하며 지나가게 되던 것이었다.

그러나 우리들의 호기심과 향수는 좌절되지 아니하였다.

장마 치르고 난 자갈밭이거나, 장마가 지고 보면 의례히 떠나갈 터전, 말하자면 별로 말썽이 되지 않을 자리면 그들은 그저 어림어림하며 집이라고 고여 놓는다. 궤짝이 부수어진 널쪽, 전선줄, 양철판 등속으로 얽어놓고 그들은 들어앉되 남편, 마누라, 어린것, 계수, 삼촌, 사돈댁, 아조 남남끼리 할 것 없이 들고 나고 하는 것이었다.

짜르르 짧었거나 희거나 푸르둥둥하거나 하여간 치마저고리를 입은 아낙네들이나 아랫동아리 훌훌 벗고 때가 절은 아이들일지라도 산 설고 물 설은 곳에서 만나고 보면 반갑지 않을 수 없다.

그들은 우리가 조선학생인 줄 알은 후에는 어찌 반가워하고 좋아하던지, 한 십여 인이나 되는 아낙네들이 뛰어나와 우리는 그만 싸여 들어가듯 하여 무슨 신랑신부나 볼모로 잡아오듯이 아랫목에 앉히는 것이었다. 그래 조선서 와서 학교 하는 양반이냐고 묻고, 고향도 묻고, 나이도 묻고 하는 것이었다. 어찌되는 사이냐고 하기에 나는 어찌하다 튀어나온 대답이 사촌간이라고 한 것이었다. 그들은 별로 탓도 아니 하였으나 사촌오누간에 퍽은 서로 닮았다기에 우리는 같은 척하고 견디었다. 이러한 경우에는 사촌이 아니라고 한다든지 혹은 사촌이 아닌 줄이 명백히 드러나고 보면 결국 꼼짝없이 억울해도 할 수 없이 뒤집어쓰고 마는 것이었다.

그 중에 퍽 넉넉해 보이고, 있고 보면 손님 대접하기 즐길 듯한, 끌기는 끌었으나 당목저고리에 자주고름을 여미고 자주끝동을 달은, 좀 수선스럽기도 할 한 분이 일어나 가는 거동으로 우리는 벌써 눈치를 챘던 것이었다. 황황히 일어서려니까 왼방안에 있는 분들이 모다 붙들며 점심 먹고 가라는 것이었다.

이밥에 콩도 섞이고 조도 있으나 먹을 만한 것에 틀림없었고, 달래며 씀바귀며 쑥이며 하여간 산효야채(山肴野菜)[140]임에 틀림없었고, 골고루 조선 것만 골라다 놓은 것이 귀한 반찬들이었다.

한껏 성의를 다하여 먹는 참에 바깥주인이 들어오는 모양인데, 안주인이 우리를 변명 겸 설명하는 것이었다. 안주인의 이때까지 정이 녹을 듯한 거동이 좀 황황해진 것이기도 하였다.

바깥주인의 태도가 좀 무뚝뚝하고 버티기로서니 내가 안경을 벗고 한 팔 집고 한 무릎 꿇고 무슨 도 무슨 면 무슨 리 몇 통 몇 호까지 대며 인사를 올리는 데야 자긴들 어찌 그대로 하나 뺄 수 있을 것이며, 또 저으기 완화(緩和)되지 않을 배 어디 있었으랴.

끝까지 내 교양의 힘으로 희한히 화기애애하던 그날의 동향일기(同鄉日氣)를 조금도 흐리지도 않고 견딘 것이었다.

방안에서, 문에서, 뜰에서, 부엌에서 모두들 잘 가고 또 오라는 인사를 받고 나오는 길에 우리는 보아서는 아니 될 것이 눈에 뜨인 것이었다. 막대 하나 거침 없는 한편에 한 아낙네가 돌멩이 둘에 도틈 쪼그리고 앉아있는 것이었다. 조금 황겁히 구는 것이었으나, 결국 우리가 보아서는 못 쓸 것이 없으매 아낙네는 그대로 견디기 어려운 일이 아니었다.

일찍이 농촌 전도로 나선 어떤 외국선교사 한 분이 모든 불편한 것을 아무 불평 없이 참아 받았으나 다만 조선의 측간만은 좀 곤란하였던지 조선의 측간은 돌멩이 두 개로 성립되었다는 우스개 말씀을 한 일이 있었으나, 그 '컨시스트 오브 투 스톤스' [141]라는 섭섭하기도 하고 우습기도 한 말이 잊어지지 않았다.

그야 측간이 반드시 돌멩이 두 개로 성립된 것도 아니지마는 혹시 그럴 수도 있지 아니한가.

산이 서고 들이 열리고 하늘이 훨쩍 개고 사투리가 판히 다른 황막한 타향이고 보면 측간쯤이야 돌멩이 둘로 성립되지 말라는 법도 없다.

춘정월(春正月)[142]의 미문체(美文體)

대체로 기지개를 켜게 되겠고 다음으로 담배를 한 개 피워 물어야만 눈이 개온히 뜨일 순서이겠는데(아침 여섯 시로부터 여섯시 반까지, 대개 그동안에) 나는 이 좋은 나이를 해가지고 그러한 한아(閑雅)[143]한 관습(慣習)[144]을 기르지 못하였다.

그 대신 이곳 '애기릉(陵) 안' 으로 이사 나온 후로 난데없이 처량한 호들기[145] 소리를 듣는 것이다. 그도 한두 번이 아니요 번번이 잠깰 무렵이면 반드시 들리는 것이다. 호들기 소리로되 충청도 사투리로 나오니깐 애끊는 듯 자지라질 듯 내쳐 졸린 듯하여 달싹움직 못 하고 그대로 누워 망설이게 되는 것이다.

시집이 조금 늦어진 처녀들의 호들기 소리라야만 정말 충청도 사투리가 나오던 것이었다. 호들기 소리가 너무 극성스러우면 꽃뱀이 울안으로 기어든다고 어른들이 꾸중도 하시던 것이었다. 삼단 같은 머리채에 호말[146]만 하게 헌출하다는 처녀들이 물오른 실버들가지를 비틀며 하는 말이

67

요놈의 호들기,

소리 아니 날냐니?

소리 아니 날랴고 해봐라.

쪽쪽 찢어 금강 물에 띄울란다.

그야말로 어디까지든지 여운(餘韻)을 위한 악기였다. 한 손아귀론 버들피리를 감추어 불고 다른 손아귀론 절조(節調)를 고르고 보면 끝까지 슬픈 소리가 고비고비 이어나가 마을앞도 절로 어두워 보슬비가 내리던 것이었다. 그래서 그러한지는 몰라도 충청도 색시 치고 말씨나 몸짓이 톡톡 튀고 똑똑 끊지는 법이 없다.

그러나 난데없는 호들기 소리란 마침내 이웃집에서 넘어오는 부지런도 한 음악학생의 바이올린 소리였던 것이다. 그것을 번번이 호들기 소리로 듣는다는 것은 음악을 가리어 들을 만한 귀가 애초에 아니었던 것이다.

그러나 사람에게는 이러한 노릇이 있지 아니한가.

① 번번이 하는 짓이 궂은 짓이기는 하나 번번이 잠꼬대를 하게 되는 것.

② 번번이 도모지 그럴 수 없는 것이 분명한데 번번이 꿈으로 꾸게 되는 것.

또 이 외에 다음과 같은 현상도 있을 수 있으니

① 아주 깨인 상태도 아니요,

② 꿈도 아니요,

③ 비몽사몽도 아니요,

④ 이 추운 첫정월 아침에 바이올린 소리가 호들기 소리로 들리는 한 개의 증상.

대개 이러한 염려(艶麗)한[147] 착각은 어떻게 해석할 것인가. 혹은 요즘 나의 건강이 향수에 견딜 만하게 다시 돌아온 까닭이나 아닐까.

하여간 골고루 펴보아야 찌뿌드데한 데가 없이 팽창한 느낌이 없지 않다.

인정각(人定閣)[148]

허둥지둥 새문[149] 턱을 다가드니 마침 폐문 시각이라 큰 문이 닫히노라 요란한 소리에 큰 쇠가 덜크덩 잠기었다.

겨우겨우 성 안에 들어선 일행은 살은 듯 마음이 놓이고 다행하였다. 걸음이 한풀에 줄어 서서히, 차라리 힘없이 흘려져 걸리는 것이었다.

전ㅅ자리[150] 깡그리 닫힌 거리에 유지등,[151] 사방등[152]이 번거로이 지나가고 미구에 술라군[153]이 돌 때가 되었다.

교전비(轎前婢)[154] 등불 들리어 앞세우고 급한 행차 돌아가는 교군[155]도 간혹 보이나 그 외에 부녀자의 행색이란 이 아닌 밤에 일체 보일 리 없었다.

새 대궐 앞까지 앞서거니 뒤서거니 하여 밤길 걸으며 이야기하는 사이에 행인을 살필 배 없었으니, 어느 골목에서 나왔다고 바로 이를 수도 없는 젊은 장옷자리[156]가 문득 앞을 서서 가로거치는 것이었다.

도람직한 키에 몸맵시가 어색하지 않으려니와 가벼운 갖신[157]에 옮기는 걸음새가 밤에 보아도 아릿다운 젊은 여자임에 틀림없어 별안간 마음들이 설레기 비롯하였다.

그러나 앞에 세운 기집애 하나 없고 등불 하나 딸리지 않았으니 저으기 괴이쩍은 일이 아닐 수도 없었다.

그러하고 보니 한창 장난들 즐겨 하는 젊은 일행은 바짝 뒤를 다가서서 희학질이 시작된 것이었다.

아닌 밤에 무슨 급한 병자가 초라한 살림에 생기어 약화제[158]를 들고 나선 여인이 아닌 바에야 예사 여염집 여자로서 밤출입이 있을 수 있는 노릇이냐 말이다.

그만한 희학질 작란이야 받을 만하지 아니한가.

그러나 그 여인은 소호도[159] 놀란다든지 당황하는 꼴이 없이 걸음을 사뿐사뿐 흩지 않고 걸어가는 양이 더욱 요염하여 일행의 호기심을 더욱 요란케 하는 것이었다.

이상스러운 노릇이, 아무리 빨리 쫓아가야 그 여인은 쫓아가는 일행의 손이 장옷자락에 닿을 거리에서 서서 가는 것이 아니었다. 그렇다고 신 뒤축이 금시금시 밟힐 듯한 사이에서 더 앞서 가는 것도 아니었다. 감질이 날 노릇이 아니런가.

아무리 쫓아가야 잡을 도리가 없었다.

이리이리 승강이를 하며 쫓아가는 것이 황토마루를 지나 샌전[160] 앞을 나섰으나 역시 잡히지 않았고, 중추막[161] 소매가 바람에 부우뜨고 소창옷[162] 세 자락에서 쉿소리가 날 지경이었으나 지척에 보는

71

꽃을 꺾지 못하는 까닭을 모를 일이라. 인제는 일개 만만히 볼 만한 여자의 팔을 홈커잡고야 만다느니보담은 삼사 인이나 되는 젊은 사내자식들의 의기와 고집으로서도 거저 덮어둘 일이 아니었다.

성난 승냥이 떼처럼 약들이 잔뜩 올랐다.

신이 금시금시 밟힐 듯하면서도 몸이 잡히지 아니하니 웬 셈일까.

여자는 한결같이 태연히 사뿐사뿐 가는 것에 지나지 않았다.

일행들의 입은 옷으로 말하면 꽃 진 지도 오래고 녹음이 한창 어울리어 가는 사월 초승이라 갓 다듬어 입고 나선 모시옷 아니면 가는 백목[163]이었고, 신으로 볼지라도 산뜻한 마침 마른신[164]이나 발 편한 누리바닥[165] 고운 메투리[166]였으므로 걸어가기는 새레[167] 날라라도 갈 셈인데 점잖은 갓모자[168]가 모조리 뒤로 발딱 제켜지도록 여자의 걸음을 따르지 못한다는 까닭을 알 수가 없다.

인제는 마지막 기를 써서 쫓은 것이 종로 인정전 바로 앞에까지 왔던 것이다.

인정전 바로 뒤 행랑뒷골[169]로 여자는 슬쩍 몸을 솔친다. 한 사람의 손이 여자의 장옷소매에 닿자마자 여자가 힐끗 돌아보자 달밤에 보는 옥과 같은 흰 얼굴에 처참하게도 흰 앞니 두 개가 길기가 땅바닥까지 닿는 것이 아니었던가! 으악! 소리와 함께 일행은 모두 넘어지자 여자는 인홀불견[170]이 되고 말았다.

자정 인경이 땅! 한 번 울었다. 그 소리를 이어 네밀 네밀 네밀 하는 여음이 실쿳하게도 무엇인지 끔찍이 꾸짖는 것 같았다.

일행은 태기친[171] 개구리 퍼지듯 모두 까무라쳐 바닥에 쓰러졌으니, 사내자식이 아무리 놀라기로서니 그 중에 하나쯤이야 아주 죽는 수야 있느냐 말이다. 이왕 쓰러지는 바에야 종각 창살에 허리를 붙이고 서른두 번 우는 인경 소리를 들으며 내처 잠이 들었던 것이다.

얼마쯤이나 잤던지 아름풋이 정신이 들며 눈이 뜨이고 보니 날이 후연히 밝아오는데 파루(罷漏)[172] 치는 꼴을 볼 수가 없다. 자, 그러니까 간밤 일이 그것이 취몽은 취몽일지라도 인경 소리를 꿈엘지라도 듣기는 들었다.

툭툭 털고 일어서며 곰곰이 생각해 보아야 열네 살 때 서울 올라온 이후 사실로 인경 소리를 들어본 일이 있는 상 싶지 않다.

하니까 꿈에라도 한 번 들어본 셈인가?

우리 연배 되시는 벗님네들! 누구나 서울 종로 인경 소리 들은 이 있소?

너를 바로 보고도
네 소리 듣지 못하니
그를 설워 하노라.

화문점철(畵文點綴)[173] — 1

새해가 아직도 우리 집에서는 법으로 정해진 것에 지나지 못하니 어쩐지 설날로서 가풍이 서지 않는다. 아이들도 손가락 구구(九九)로 동동거리며 기다리던 큰설날이 아니고 말았다. 그러나 나로서는 이 대교황 그레고리 력(曆)의 양력설이 이론상 확실히 옳다는 주견(主見)[174]에 안해까지 끌어넣기에 자못 엄격하다. 안해도 동회(洞會) 방침에 별로 관습적 반의를 갖지 않을 만은 하게 되었으나, 요컨대 교직(交織)[175]남시랑일망정 아이들을 울긋불긋 감아놓기와 칠분도미(七分搗米) 화인(火印)[176] 몇 되에 떡이라고 냄새라도 피워야 하는 가엾은 한계(限界)에서 양력설이라도 무방하고 음력설이라도 좋은 것이다. 나는 이러한 물질적 배비(配備)[177]에 관한 유치한 사상은 우습게 여긴다. 무릇 신년이라는 것은 심기일신한 정신상 각오에 의의가 있는 것이지 그까짓 떡이야 해 먹고 안 해 먹는 것이 그리 대단할 것이 무엇이냐 말이다.

　안해는 나의 신년에 대한 정신주의적 경향에 그다지 열렬하지 않은 편이다. 저엉 섭섭하다면 때때옷이며 떡가래며 고기근(斤)은 음력으로 연기해도 좋지 않으냐고 여유를 준다. 그러는 것이 작년도와 재작년도에 내가 어찌어찌 하다가 그만 신용을 잃었다.

그러나 나는 언제든지 양력 신춘에 기분이 청신(清新)하다. 다만 간밤에 일찍 헤어지기로 한 것이 다소 과음이 되었던지 머리가 뛰이한 듯도 하나 금년에는 제일[178] 춥지 않아서 좋다. 딸년이 평일과 소허(少許)[179] 다를 것 없이 맨발로 이른 아침부터 뛰어 돌아다닌다. 딸년으로 해서 나의 수면이 방해되는 점이 많다.

안해는 다소 무료한지 어린것을 업고 울안으로 돌아간다. 햇볕이 곱고 다사롭기가 바로 매화꽃 필 무렵 같지 아니한가.

화문접철—2

화실(畵室)에 틈입(闖入)[180]할 때 적어도 채플에서 나온 뒤 만한 경건을 준비하기로 했다.

화실주인의 말이 그림을 그리는 순간은 기도와 방불하다고 하기에 '대체 왜 이리 장엄하여 계시오' 하는 반감이 없지도 않았으나 화실의 예의를 유린할 만한 밴덜리스트[181]가 될 수도 없었다.

화실에서 화가대로의 화실주인은 비린내가 몹시 났다. 모초라기,[182] 비둘기, 될 수 있는 대로 가녈픈 무리를 쪽쪽 찢고 째고 저미고 나오는 포정(庖丁)[183]과 소허(少許) 다를 리 없었다. 통경(通景)[184]과 전망을 차단한 뒤에 인체구조에 정통할 수 있는 한산한 외과의이기도 하다.

미켈란젤로 따위도 이런 지저분한 종족이었던가?

기름덩이를 이겨 붙이는 것은, 척척 이겨다 붙이는 데 있어서는 미장이도 그러하다. 미장이는 어찌하여 애초부터 우월한 긍지를 사양하기로 하였던가. 외벽을 바르고 돌아가는 미장이의 하루는 사막과 같이 음영(陰影)도 없이 희고 고단하다.

오호(嗚呼), 백주에 당목(瞠目)[185]할 만한 일을 보았다. 격렬한 치욕을 견디는 에와[186]의 후예가 떨고 있다. 화실의 경건이란 긴급한 정신방위(情神防衛)이기도 하다. 한 개의 뮤즈가 탄생되려면, 여인! 그대는 영원히 희랍적 노예에 지나지 아니한가. 가장 아름다운 것이 제작되는 동안에 가장 아름다워야 할 자여! 그대는 산에서 잡혀 온 소조(小鳥)[187]와 같이 부끄리고 떨고 함루(含淚)[188]한다.

안악(安岳)[189]

고뿔이 들려 이레째[190] 나가질 않는다고 화연(花蓮)이는 고개도 고
누기가 싫다. 화연이가 비쓱비쓱 눕기만 하는 것을 탓할 수야 없다.
그래도 연거푸 이틀밤째 우리 자리에 나오게 된 것이니, 나와선 손
님 신세를 지우고 간다 할지라도 그만치 보람을 아주 아니 내는 것
도 아니니, 아픈 사람이 고운 사람이고 보면 서둘러 위로하기가 즐
겁지 않은 노릇도 아니다. 누구는 무릎을 빌리어 수고롭지 않고, 누
구는 머리를 짚어주고 고뿔에는 따끈따끈한 약주 술이 제일이라고
짓궂게도 권하는 것이요, 누구는 웬걸 더하다는 것이다.

그러나 이화(梨花)가 사약(私藥)[191]이나마 임시로 방문(方文)[192]을
내었으니 귤을 까서 알맹이는 바르고 껍질을 모아 한 홉쯤 되는 것
을 술에다 끓이는 것이다. 귤껍지가 곰[193]이 되도록 끓고 보니 술에
서는 주정(酒精)이 발산되어버렸을 것이나 쌀이 삭아 술이 됐을 바
에는 선변화(善變化)한 곡기가 귤껍지에서 우러나온 진액과 서로
엉키어 이야말로 단방진피탕(單方陳皮湯)[194]이 아닌 배 아니니, 고

뿔이 아무리 곱서리고 주춤거릴지라도 무위이화(無爲而化)[195]로 풀려나가고야 말 것이다. 냄새가 실로 좋지 아니한가. 만실(滿室)[196] 균향에 섣달 추위도 바로 봄철 다히 훗훗하여지는 것이니 떠도는 향기로서도 다소 취기를 띤 것이 분명하다. 이리하여 순배(巡盃)[197] 가 돌고 돌아 쌍이(雙耳)[198]가 불과 같이 열(熱)하여 오른다. 이화는 이 골 태생으로 꺄―꺄― 사투리로 이야기 잘하고 웃기 잘하고 약시종(藥侍從)을 들되 인정이 무르녹다. 살림을 들어가면 잘살 것이니 살림살이란 진피를 달임에도 솜씨를 볼 것이 아닌가.

화연이는 물건너서 왔댓다고 하는데 이 골 사람들은 남포나 평양을 물건너라고 부른다. 키와 생김새가 그러려니와 어쩐지 헌출하고 쓸쓸하기 단정학(丹頂鶴)[199]과 같다. 학도 독감이 들리면 어디가 먼저 풀이 죽는 것일지? 뻣뻣한 다리는 그대로 고힐지라도 기다랗기도 한 모가지가 절로 곱오라질 수밖에 없을 것이다. 진피를 삶은 물도 약이고 보니 화연이는 고개를 갸오뚱 느리운 채 찡그리며 마신다. 무릎에 다시 기댄다.

정숙(貞淑)이는 나이는 어리나 콧날이 쪽 서고 인물이 고운데 이 밤에는 어쩜인지 피지를 않는다. 이화는 이 골에서 누구레 누구레 정분이 나서 죽자 살자 한다는 이야기를 하며 웃었다. 정숙이는 종시 피지 아니하니 꽃 옆에서 꽃이 옴치린 듯하다. 순배가 정숙한테로 모인다.

사간장방(四間長房)[200]에 신선로 김이 서리고 서린다. 숯이 활씬 피어서 난만한데, 밖에서는 쇠쪽이 우글어지는 듯이 겨울이 달린다. 멀리 구월산으로 뚫린 북창 유리에는 성에가 겹겹이 짙어지는데 밤도 따라서 두꺼워간다. 성에가 나를 오싹 무섭게 굴기에 얼른 순배에 뛰어들었다. 지껄이고 홍얼대고 읊고 부르는 것이요, 한 되들이 병이 몇 차례씩 갈아들어 즐비하게 놓이는 것이다. 이 골 아이들은 가무와 주량에 함께 정진하여야 자리에 불리게 되는 것이니 올에 열일곱 난 정숙이도 손님의 뒷술을 따라가고도 뺨이 곱게 붉을 정도라, 산천이 다르기로서니 풍습도 이렇게 야릇할 줄이 있으랴.

    정방산성[201]에 초목이 무성한데
    밤에나 울 닭이 낮에도 운다.

    정숙이는 황주(黃州) 늘난봉가를 글 읽듯 정성스럽게 부른다. 꾀꼬리 같지 아니한가.

    달 뜨는 동산에 해조차 솟는데
    이 내 가슴엔 님도 아니 돋네.

    이화가 부르는 감내기[202]에 우리는 눈을 감고 들었다. 넓기도 한이 없는 나무릿 벌을 걸어 남포로 소 몰고 가는 노래가 서럽고도 한가롭지 아니한가. 화연이가 일어나 장고를 안았다. 컬컬하고 굵고 수리목진 소리로 뽑는 물건너 수심가(愁心歌)는 본바닥 소리임에 틀림없다. 고뿔이 들렸다고 저렇게 슬픈 소리가 나온달 수야 있나. 화연이 소리는 속이 석은[203] 소리다. 취하고 울 듯할 때 우리는 일어섰다. 차고 옴추린 귤 하나를 집어 들며 "귤하고 우리 정숙이하고 조끼에 집어넣고 갈까?"

깃을 사리며 아양아양 다가드는 정숙이가 주머니 속에서도 구기어지지 않을 것 같다. 이애야! 안악골에서 다락같은 큰 말을 불러오라고 하여라. 너도 앞에 타잣구나! 말을 타고 나설 양이면 화랑이 아니겠느냐! 언 궁둥이에 채찍을 감으며, 찬 달을 떠받으며, 흰눈을 차며 신천평야[204] 칠십 리를 달리잣구나!

수수어(愁誰語)—1

한가로워 한가로워 글이나 쓰겠다는 이가 부러울 리 없으나 바빠서
바빠서 창을 밝히고 자리를 안존히 할 겨를이 없어 붓대를 친할 수
없음이 섧지 않으랴.

　하도 바빠 초서(草書)[205]를 쓰기 어렵다는 말이 있으니 초서도 본
시 급한 때 빨리 쓰기 위한 글씨가 아니리라. 구르는 바퀴를 따라 붓
이 또한 달릴 수 있다면 희한히 좋을 것이로되 줄을 바르히 세로 긋
고 가로 치고 칸칸에 또박또박 한 자씩 써 채우기만 하라는 그만한
재조가 내게는 없어 원고지를 펴고 굽어보면 뛰어들까 싶지도 않아
벅차기가 호수(湖水)와 같다. 글이란 원래 한 가지도 능한 것이 없
는 선비가 쓰는 것이런가. 어떤 소설가의 말에 자기는 평생에 일꾼
이 무거운 돌을 옮기듯이 문자를 날랐노라고 하였거니 그이쯤 늙고
격을 이루어야 그러한 말이 있을 만하다고 높이 보았다. 그도 글만
쓰게 된 편한 사람의 말이지 이 신산한 살림살이에 얽매여 어찌 그
러하기를 바라리. 한갓 그래지이다 바랄 수 있다면 어느 때 어느 곳

에서든지, 러시아워 전차 속에서나 황혼을 싣고 돌아가는 버스 안 엘지라도 마음의 농염한 꽃봉오리가 이울지 않아 글로 다만 한 줄이라도 옮기어지기만 하면 족하다. 짧은 글을 소홀히 할 자가 누구냐. 짜를수록 엄격하기 방문(方文)[206]에 질 배 있으랴. 나도 늙어 맑고 편히 살리라. 두보(杜甫)와 같이 술을 빚어 마시리라. 봄비에 귤나무를 옮겨 심으리라. 손을 씻고 즐거운 글을 쓰리라.

수수어―2

밤 열한 시를 넘어 돌아오게 되니 집사람이 이르기를 적선정(積善町)[207] 형(馨)이가 저녁 여섯 시에 자기 사관[208]으로 부대[209] 와달라는 말을 남기고 갔다고 한다. 저를 내가 아는 터에 제가 부르는 까닭을 내 모를 리 없다. 하도 서운하여 그렇다면 낮에 미리 전화로 기별을 하여주었더라면 퇴근길에 달리 새지 않고 제한테로 갈 것인데, 허나 야심한 뒤 단칸방을 찾아가는 수가 없다. 넥타이를 풀자 이내 코를 골았다는 것은 다음날 지천[210] 삼아 들은 말이나 이왕 집안 별명으로 '수염 난 갓난이' 대접을 받을 바에야 잠도 그쯤 들어야 할 것이 아닌가.

품(品)이 좋은 것으로 한 되[211]쯤으론 탁사[212] 신세를 혹시 지우지 않을사한데 그것은 양(量)의 소질(素質)로 의론할 바이요, 남은 것은 격을 높일 것이며 분별을 기를 것이라. 애당초 섞이어 쓸 축이 있고 어울리지 못할 패가 있다. 자리를 먼저 보기를 지관(地官)과 같이 문서가 있어야[213] 할 것이라. 옷깃을 저살고 풀지 않을 것이요 마음과 웃음은 풀 것이로되 입은! 아니, 입은 풀지라도 말을 함부로 풀수 없는 일이라. 실상 이 놀음이란 홀로 풀지 않아도 못쓰려니와 또는 그리해도 못쓰는 것이다. 요컨대 끝까지 선인(善人)의 잔치인지라 그러한 자신이 없이는 이 자리에 앉지 못하리라. 혹시 스사로 얽히고 맺히어 풀지 못할 심질(心疾)[214]이 있는 자는 모름지기 소심스러이 배우면 효[215]를 얻을 것이나 필경 보제(補劑)[216]로 마시는 외에지나지 못할지며, 태생이 어리석은 자는 흉악한 야수처럼 되어 화를 가국(家國)[217]에 끼칠 것이요 간교한 무리는 이 복된 음식을 시정(市井)[218]으로 끌고 다니며 이욕(利慾)을 낚는 미끼로 쓰니 복된 음식이 흔히 노발(怒發)하야 불측(不測)[219]한 죄를 나릴 수 있다. 진흙에 쓰러지고 입술을 서로 바꾸던 자리에 도리어 치고 이를 가는 저주를 받지 않았던가.

붓이 어찌 이리 딴 길로 헤매는 것이냐. 다음날 저녁에는 형이가 부르지 않을지라도 자진하여 가려고 한 것이 역시 달리 길이 열리어 시각을 놓치고 말았다. 집사람이 또 이르기를 형이가 또 왔다 갔다는 것이다. 고맙고나. 추위로 들어서 처음 눈다운 눈이 쌓인 날이 어제다. 순한 집개도 눈이 오면 좋아라 동무를 찾아나가는데 형이도 눈에는 견딜 수 없었던 것이지. 말이 적은 형이는 고독하면 무엇인지 모를세라 씩씩맞는 버릇이 있다.

다음날 저녁 여섯 시에는 어김없이 대어 갔더니 즐겁지 않으랴, 셋이 고스란히 기다리고 있었고나. 두 내외와 일승병(一升瓶)[220]이. 병이 소허 덜리었기에 연고를 물었더니 그대로 두고 보며 기다리기란 과연 양난(兩難)한 일이더라고. 기껏하여 두 홉쯤 줄었으니 천하에 무슨 명목으로 이를 치죄할 줄이 있으랴. 대추를 감춘 광에 쥐를 두고 적선(積善)함이 옳을지로다.

이윽고 형이의 애인(愛人)이 모르는 듯 일어나가 칼이 도마에 나리는 소리가 기름불과 함께 조용조용스럽더라.

수수어—3

간(肝)회와 개성(開城)찜이 나수어왔다. 병 속에서 고이 기다리던 맑고 빛나는 '품(品)'이 별안간 부피가 부풀어 오르는사 싶다. 이것은 무슨 적의(敵意)에 가까운 짓이냐, 혹은 원래 호연한 덕을 갖춘지라 애애(靄靄)[221]한 보람을 미리 견디지 못함이런가. 정히 그럴진 대 기어 나오라. 그대를 어찌 기게 하랴. 내 은배(銀杯)로 너를 옮기리라. 거뜬히 들어 너의 덕을 기릴 양이면, 오호(嗚呼), 덕이 높은 자는 기적을 행하리니 언 가지를 불어 눈같이 흰 매화를 트이게 하라. 금시 트이어라.

찜도 가지가지려니와 개성찜이란 찜이 다르다. 선배가 찬방(饌房)[222] 절차를 세세(細細) 살펴 무엇하리요. 그저 듣기도 전에 칭찬을 극극(極極) 베풀어도 틀릴 배 없는 진미인 줄 여기어라.

은행이며 대추며 저육이며 정육이며 호도며 버섯도 세 가지 종류라며 그 외에 몇 가지며 어찌어찌 조합된 것인지 알 수 없으나 산산하고도 정녕(丁寧)하고도 날새고도 굳은 개성적(開城的) 부덕(婦德)

의 솜씨가 묻히어 나온 찜이 어찌 진미가 아닐 수 있겠느냐. 허나 기름불 옆에서 새빨간 짐생의 간을 저미어 약념[223]을 베푼다는 것은, 그것이 더욱 깊은 밤에 하이얀 손으로 요리된다는 것이 아직도 진저리나는 괴담으로 여김을 받지 아니함은 어쩐 사정이뇨. 병 안에 든 '품'이 별안간 흥분함도 대개 이러한 간을 보아 그리함인지도 모른다. 마침내 괴담이 아니되고마는 이유가 병 안에 든 '품'의 덕으로써 그러함이니, 그러기에 간과 '품'을 알 양이면 비린내 나는 것은 대개 그 이름만으로도 해결하겠거니와 아직 파래서 간 데 족족 채이는 것, 채이고도 깨닫지 못하는 것, 할 수 없이 새침하여지는 것, 진실로 덤비는 것, 죽도록 생각해내어도 미움 받는 것, 대상점(大商店) 간판만 치어다보아도 변증법적 분개를 남발하는 것, 부흥회에 나아가 이마가 부서지도록 회개하여도 실상 그것이 신경쇠약의 극치일 수 있는 것, 아녀자에게 볼모를 잡히어 꼼짝 못하는 인격자, 감환(感患)[224]이 코에 걸린 채 입춘절을 넘는 것, 장서가 낡아감을 따라 점점 울울(鬱鬱)[225]하여지는 것 등쯤은 문제가 되지 아니하니

    취하야 음(淫)하지 않고 난(亂)하지 않고
    배저(杯底)에 천지의 동정(動靜)을 비초인다.

도연(陶然)[226]한 이후에 형이는 산토끼 같은 눈이 쪼그라지도록 웃으니 이 사람은 남의 무릎을 쓰다듬으며 이야기하는 것이 일쑤

다.

하나 앞에 네 홉씩이면 예절답게 되었거니와 이러한 자리를 다스림에는 옷깃을 바르히 하고 사뢰노니 오직 조선의 빛난 부덕(婦德)이 없을 수 없다.

좀생이별들이 아실아실 추위 타는 밤, 밤도 이슥했으니 나오라고 창밖에 대한(大寒)이 부른다. 품을 파고 헤치고 드는 봄바람 다히.

돌아오는 길 아스팔트 위로 걸음이 가벼울 적 문득 호젓한 모퉁이길 언 차돌이 그리우니 앉아보고 만져보고 단 뺨도 부비어야 하겠기에.

수수어—4

해로명(海老名)[227]이라는 성(姓)이 있습니다. 해로명 아래 총장을 붙이고 보면 해로명 총장이 될 수밖에 없습니다. 학교 게시판에 붙은 교령(校令), 인사이동, 집회, 귀빈 봉송영(奉送迎) 등에 관한 게시가 모두 해로명 총장의 이름으로 붙으니 어떤 날은 한 20매씩 붙는 적이 있습니다. 해로명 총장이 감환[228]으로 미령(未寧)하신대도 곧 알게 됩니다. 어떤 짓궂은 학생은 일부러 '해로 명총장'으로 발음하는 사람도 있었습니다.

한번은 해로명 총장이 이사 측과 불화(不和)한 일이 있어서 사임하게 되었습니다. 학생단은 결속하고 궐기하였습니다. 스트라이크로 사태가 중대하게 되었습니다.

"해로명 총장을 유임시켜라!"

"해로명 총장을 지지하라!"

"해로명 총장을 위하야 우리는 일전을 불사한다."

이러한 격월(激越)[229]한 포스터가 무수히 교실에, 테이블에, 게시판에, 입구에, 수부(受付)에, 외벽에 붙어있고, 혹 운동장으로 굴러 돌아다니기도 하였습니다. 포스터마다 해로명 총장의 얼굴이 위대하게 그리어져 있고, 붉은 잉크로 관주[230]를 여러 개 주고 하였습니다.

◇

회화 선생 미세스 시오미는 금발벽안 그대로의 미인이었습니다. 국제결혼을 한 까닭으로 시오미 성을 따른 것이요 이름도 사구라고 신데 학생들은 그저 체리, 체리로 불렀습니다. 깡파르고 쨍쨍거리는 여선생이신데 시간이 되면 단번에 염마장(閻魔帳)[231] 꺼내어 들고

"나우 보이스…"로 서두를 것이었습니다.

학생 중에는 응원단 형의 구레나룻이 꺼먼 사람이 여럿이요 나이로 치더라도 여선생이 몇 살 아래일는지 모르겠는데 좀 깜직하게 구시었습니다.

숙제로 미리 분배하여 돌려가며 영어연설을 교실에서 하게 되어서 한번은 내 차례가 왔습니다.

잔뜩 준비하였다가 썩 일어서서 대강 이러한 골자로 이야기한 것입니다.

"숙녀 한 분과 신사 여러분! 그리웁고 보고 싶고 하던 교토 헤이안 고도(古都)에 오고 보니 듣고 배우고 하였던 바와 틀림없습니다. 압천(鴨川)도 그러하고 어소(御所)[232]도 그러하고 삼십삼간당(三十三間堂),[233] 청수사(淸水寺), 남산(嵐山)도 그러합니다. 특별히 놀라

91

옮기는 신사(神社), 불각(佛閣)이 어떻게 많은지 모를 일입니다. 나종에는 여우와 소를 위하는 신사(神社)까지…"

잘되었다든지 못하였다든지 웃든지 찡그리든지 하여야 할 것이 아니겠습니까. 염마장에다 무슨 표인지 똑 찍어 놓을 뿐이었습니다.

아베(阿部)라는 학생 보고 미스터 애비로 부르고, 딱 질색할 일은 나를 보고 미스터 데이시요오[234]로 부르는 것이었습니다.

한번은 어을빈(魚乙彬)[235] 부인한테 들은 말인데, 미세스 시오미는 조선 유학생을 싫어한다는 것입니다. 나는 적의를 갖게 되었습니다.

어느 날 내가 상국사(相國寺) 솔밭길로 산보 중에 미세스 시오미가 허둥지둥 쩔쩔매며 오다가 나를 보고

"미스터 데이시요오! 당신 우리 어린애 못 보았소?"

나는 그저

"노"하여 버렸습니다.

◇

감이 떫어가지고 자라가지고 익어가지고 그리고 붉어가지고 달아지는 것이 아니겠습니까.

그러한 차례를 기다리기 난감하고 보면 자라기만 한 떫은 감을 담가서 억지로 달게 하여 먹을 수밖에 없는 것입니다.

꽃 떨어져 열매가 생기자마자 달기부터 시작하는 감을 보았습니다. 달아가지고 자라가지고 마침내 단 감을 감시(甘枾)라고 합니다.

학교에서 돌아오는 길초에 이 감시 나무가 선 집이 있습니다. 나는 그 집에서 이 단감을 여름부터 가을까지 얻어먹고 하였습니다. 나종에는 하도 고맙고 염치없고 하여서 이번에는 내가 그 집 나무에 올라가서 그 집 단감을 따서 그 집에 선사하였습니다.

옛글 새로운 정-상

세상이 바뀜을 따라 사람의 마음이 흔들리기도 자못 자연한 일이려니와 그러한 불안한 세대를 만나 처신과 마음을 천하게 갖는 것처럼 위험한 게 다시없고 또 무쌍한 화를 빚어내는 것이로다. 누가 홀로 온전히 기울어진 세태를 다시 돌아 일으킬 수야 있으랴. 그러나 치붙는 불길같이 옮기는 세력에 붙어 온갖 음험, 괴악한 짓을 감행하여 부귀는 누린다기로소니 기껏해야 자기 신명(身命)²³⁶을 더럽히는 자를 예로부터 허다히 보는 바이어니 이에 굳세고 날카로운 선비는 탁류에 거슬리어 끝까지 싸우다가 불의를 피로 갚는 이도 없지 않아 실로 높고 귀히 여길 바이로되, 기왕 할 수 없이 기울어진 바에야 혹은 몸을 가벼이 돌리어 숨고 피함으로써 지조와 절개는 그대로 살리고 신명도 보존하는 수가 있으니 이에서도 또한 빛난 지혜를 볼 수 있는 것이로다.

가마귀 싸우는 골에 백로야 가지 마라.

성낸 가마귀 흰빛을 새올세라.[237]
청강(淸江)에 조히 씻은 몸을 더럽일가 하노라.

뜻이 좀도 좋으려니와 얼마나 뛰어나게 높으신 글인가.

뜻이야 어찌 돌아가든지 글월의 문의(紋儀)[238]를 펼쳐 볼지라도 하도 희고 올이 섬세하고도 꼭꼭 올바르지 아니한가. 개인 하늘과 햇빛과 이슬이라도 능히 걸러 지나도록 곱고 가는가 하면 더러운 손아귀에 구기어지지도 때에 물들사 싶지도 아니한 신비한 비단폭과 같도다. 그야 포은공(圃隱公)[239]과 같으신 어른을 낳으신 어머니의 글이시니 오죽하랴.

어머니로서 아드님에게 주신 글이 또 하나 마음에 간직되어 있는 것이 있으니 경정백(耿庭柏)[240] 모당(母堂)[241] 서씨(徐氏)가 벼슬 살러 슬하를 떠나간 자기 아들에게 편지 겸사 보낸 7절 한 수이다. 이를 우리 말글로 옮겨 놓고 볼 양이면

집안 평안한 줄 네게 알리우노니,
논밭에서 거둔 것으로 한 해 쓰고도 남겠고나.
실오락만치라도 남중(南中) 물건에 손대지 말아라.
조히 청관(淸官) 노릇 하야 성시(聖時)에 갚을지니라.

세상에 이러한 어머니를 모신 아들이야 복되도다. 사내로 한번 나서 태평성시(太平聖時)에 밝으신 임금을 모시고 백성을 착히 다

스리어 위(位)와 벼슬이 높아 봄 즉도 한 교훈과, 고요히 일깨워주시는 어머니의 글월을 벼슬자리에서나 변방 수자리[242]에서나 받자와 뵐 수 있는 이로서야 나라에 빛난 공훈을 세움이 의당한 일일지로다.

이도 또한 글로만 의론할지라도 글쟁이의 글로서는 도모지 따를 법도 아니한 간곡하고도 엄한 자애심에서 절로 솟아난 글이 아니랴. 마침내 글이라는 것을 말과 뜻과 진정(眞情)이 서로 얽히어 안팎을 가릴 수 없이 그대로 드러난 것이 극치일가 싶어라. 세상에 착한 어머니로서 재조와 덕이 높음에도 불구하고 이름조차 묻히어 알 바 없이 다만 누구의 어머니로서 전할 뿐이니 동양의 부덕(婦德)이란 이렇다시 심수[243]한 것이로다.

이번에는 아버지로서 아들에게 보낸 짧고 짧은 글쪽이 또 하나 있으니 도연명(陶淵明)[244]이 팽택령(彭澤令)이 되어 가루(家累)[245]를 따르게 할 수도 없고 하여서 그의 아들로 하여금 집을 지키어 치산[246]하게 하고 하인 하나를 보낼 적에 편지 한 쪽을 끼워 보낸 것이니, 실상 한 줄이 될사말사 한 짧은 글월이다. 우리 글로 옮기고 볼 양이면

네가 조석 살림살이 몸소 보살피기 어려울 줄 여기어 이제 하인 하나를 보내어 나무 쪼기고 물 긷기 수고를 덜가 한다. 이도 사람의 아들이어니 착히 대접함이 옳으니라.

원문은 자수가 모다 스물여덟 개로 된 희한히 간결한 편지어니와 《소학(小學)》에는 이러한 좋은 글이 실려 있다.

옛글 새로운 정-하

글 잘하시고 이름 높으신 정절선생(靖節先生)[247]을 아버지로 모시어 집안 살림살이에 이름과 함께 묻혀버린 아들이 믿음직하고 든든하 였음에 어김없으리로다.

다음에 또 글월 하나는 별로 보신 이 적으실까 하여 속심에 자랑 스럽기도 하나 우연한 기회에 얻어 뵌 선조대왕 계후(繼后)[248] 인목 왕후(仁穆王后)의 언문전교(諺文傳教)[249] 한 쪽이니, '대재건원(大 哉乾元)'이 찍힌 것으로 보면 흔히 있던 기별지는 아닌 듯싶고 만력 (萬曆)[250] 원년 계묘 복월 십구 일 사(巳) 시라고 분명히 쓰신 걸로 따지어 보면 이제로 334년 전이니 그 해가 정히 인목왕후께서 반송 방(盤松坊)[251] 김 씨댁 규수로서 선조대왕 계후로 드옵신 후 바로 다 음해[252]일 것이라. 아직 대군이나 옹주를 낳으시지 아니한 때가 분 명하고 또 글월 사연을 놓고 살필지라도 친정댁 손아래 친속(親 屬)[253] 그 누구 한 분에게 나리신 전교도 아니요 필연코 선조대왕께 서 어찌어찌 낳으시었던지 세자, 대군, 옹주 하시어 모두 13남 13녀를 두시었으므로 인목왕후 친히 낳으시지 아니한 군(君)이나 옹주 한 분에게 나리신 것임에 어김없으리로다.

이제 그대로 뵈옵고 옮겨 쓰되 철자만 요샛것으로 바꾸어 놓으면 글월 보고도 둔 것은 그 방이 어둡고(너 역질[254] 하던 방) 날도 음(陰)하니 일광이 돌아지거든 내 친히 보고 자세 기별하마. 대강 용약(用藥)할 일이 있어도 의관, 의녀를 대령하려 하노라. 분별[255] 말라. 자연 아니 좋이 하랴.

사가(私家)로 치더라도 아랫사람에게 보낸 대수롭지 아니한 편지 쪽에 지나지 아니한 것이니 위도 밑도 없고 겉꾸밈이나 사연 만들기 위한 글이 아니요(일로 보면 찰한법(札翰法)[256]이나 편지틀이 따로 있는 줄 아는 것이 우습다) 총총히 그저 적어 나리신 것이요 종이도 손바닥만 한 할사한 선지(宣紙)[257]쪽이었다. 그러나 글을 쓰실 때 심경이시나 실내 정경이 약연(躍然)히 떠오르는가 하면 간곡하신 자애가 흐르는 듯하고 수하 사람에 향하여 마음 쓰심이 세밀하고 보드라우신가 하면 매우 젊으신 왕후로서(대왕과 33세나 차가 계시었다) 엄위(嚴威)가 또한 서슬지어 보이지 아니하신가. 무엇보다도 농부로부터 제왕에 이르기까지 한갈로 보배가 되는 갸륵한 인정이 묻어나온 글을 명문(名文)이라 하노라. 다만 옥수(玉手)로 이루어진 주옥같으신 필적마자 옮기어 놓을 수 없어 섭섭하도다.

내금강 소묘—1

표훈사(表訓寺) 채 못 미쳐서 인가가 서너댓 채 있어 지나자면 자연
마당은 새레²⁵⁸ 마루며 안방 근처에 이런 반반한 여자들이 있을까
별로 깊이 투득²⁵⁹해 알아질 것도 아니지마는 담뱃갑 사과개나 놓이
었기에 영신환²⁶⁰이 있느냐고 물었더니, 장안사(長安寺)에서 아니
사셨으면 올라가시다가 만폭동 매점에서야 사신다는 것이다. 말접
대 하든지 쪽에 손이 돌아간 맵시가 서울사람의 풍도²⁶¹가 있기에
이런 이가 대개는 한번 험한 꼴을 본 이거나 혹은 어찌하다 미끄러
져 산그늘에 핀 꽃이 되었으려니 하였다.

철(喆)이는 입술이 점점 노래지고 이마에 구슬땀이 솟아 송송 매
여 달린 품이 암만해도 만만하지 않은데 그래도 개실개실 따라온
다. 장안사에서 먹은 그 시커먼 냉면이 살아 오르는 모양이나 이 사
람이 벌써부터 이러면 내일 비로봉을 넘을까가 문제다.

안팎 십릿길, 츩넝쿨에 걸리며 돌뿌리를 차며 찾아보고 온 명경
대(明鏡臺)는 화원에 들어서기 전에 먼저 까실까실한 선인장 한

100

포기를 대한 느낌이 있어 한밤 자고나 내일 깊숙히 들어가 펼쳐볼 데를 생각하면 황홀한 예감에 기쁨이나 걱정이나 말이나 다리가 미리미리 애끼어만 진다.

표훈사 법당 앞에 들어서니 차라리 비창[262]한 걸음으로 따라오는 철이보고 정양사(正陽寺)까지 되겠느냐고 물은 것은 실상 탈이 난 정도를 알아보자는 것이, 그래도 대여 선다는 것이다. 절 뒤에 흐르는 개천으로 하야 길이 끊어져 징검돌다리로 이어놓은 목을 드딈드딈 건너서보니 인제부터 숨이 차게 까스락진 정양사 오르는 길이 된다. 이렇게 고집을 피우는 사람보고 안 되겠네, 내려가 누워 있게 하고 어린애 다루듯 하니, 그러면 자네 혼자 올라갔다 오게 하여 새파란히 돌아서는 꼴이 안쓰럽기도 하나, 위해 한다는 말이 절로 우락부락하게 나간다.

한 삼십 분 동안 흑흑거리며 올라가는 길인데 길가에 속사풀[263]이 수태 솟았다. 어려서 약방에서 얻어다가 일가집 누이와 이를 닦던 약이 본고장에서 보면 하도 많은 푸른 풀이로고만. 꽃도 잎도 없이 보릿순처럼 마디진 풀이 쏙쏙 솟아 풀피리로 불면 애연한 소리가 골을 울릴 듯하다.

고볼고볼 기어오르는 길이 숨이 턱에 받친다. 한옆에 절로 솟는 별똥백이 새암물이 고여 있다. 후후 불어 홈켜 마시고 나니 속이 씽그라히 피부와 함께 차다.

절 마당에 들어서서 먼저 뜨이는 것은 육모진 조그만 불당인데 저것이 유명한 정양사 불당이라고 하였다. 나무쪽을 나막신만큼 파고 아로새기어 조각조각 맞추어 놓은 것이요, 들보라든지 서까래가 없는 단청이라든지 절묘한 조화와 같다.

그러나 정양사는 집보다도 터가 더욱 절승(絶勝)하다. 내금강 연봉(連峰)이 모조리 한눈에 들어오는데 낙조에 물들어 빛갈이 시각으로 변해나간다. 말 머리로 보면 말 머리요, 소로 보면 소요, 매가 날개를 접고 있는사 싶으면, 토끼가 귀를 쓰다듬는 모상이다. 달이 뜨는 듯 해가 지는 듯 뛰어나온 날가지 구기어진 골짜구니 날래 솟은 봉오리가 전체로 주름 잡힌 황홀한 치마폭으로 보아도 그러려니와, 겹겹히 접히어 무슨 소린지 서그럭 서그럭 소리가 소란한 모란꽃 송이송이로 보아도 역시 그러하다. 현란한 색채의 신출귀몰한 변화에 차라리 음악적 쾌감이 몸을 저리게 한다.

내금강 소묘—2

춘천 쪽으로 지는 해가 코알라처럼 붉게 매어달리고 트일 듯이 개인 하늘이 바닷빛처럼 짙어가는데 멀리 동쪽으로 비로상봉(毘盧上峯)에는 검은 구름이 갈가마귀떼같이 쏘알거리고 있다. 쾌히 개인 날도 저 봉우리에는 하루 세 차례씩 검은 구름이 음습한다고 한다. 내일 낮쯤은 우리 다리가 간조롱히 하늘 끝 낮별 가장자리를 밟겠고나.

산 그림자가 갑자기 어두워지며 등에 흠식 젖은 땀이 선뜻선뜻하여 팔월 중순 기후가 벌써 춥다싶이 하다.

내려올 때는 좀 무서운 생각이 일도록 산이 검어지므로 지팡이가 아니었더라면 고꾸라질뻔 질뻔하게 단숨에 나려왔다. 표훈사로 내려와 중향여관(衆香旅館)을 찾았더니 매캐한 석웃불이 켜진 방에서 정말 꽁꽁 소리가 난다. 주인을 불러 먼저 죽을 묽게 쑤게 하고 마늘을 한줌 실하게 착착 이겨 소주를 쳐 오라고 하였다. 전에 효험 본 일이 있기로 철이를 한번 황치(荒治)로 다스릴 필요를 느끼었다. 철이는 아프지는 않고 아랫배가 뚤뚤 뭉치어 옴짓 못하겠다는 것이다.

옴짓 못 하는 것과 아픈 것이 어떻게 다른 것인지, 앓는 사람보고 웃을 수도 없고, 그걸 뚫어야 하네 뚫어야 해, 싫다는 것을 위협하듯 먹였더니 눈에 눈물이 글성글성해가며 흐물흐물 먹더니 다시 누어 업텐다. 살아 오르는 시커먼 냉면을 죽일 자신이 있어서 하는 일이라 그대로 사루마닷²⁶⁴바람으로 일어서 나가 잣나무 사이를 돌아 물가로 갔다. 감기가 들까 염려가 되도록 찬물에 조심조심 들어가 목까지 잠그고 씻고 나서 바위로 올라가 청개고리같이 쪼그리고 앉으니 무엇이 와서 날큼 집어삼킬지라도 아프지도 않을 것같이 영기가 스미어 든다. 어느 골작에서는 곰도 자지 않고 치어다보려니 가꾸로 선 듯 위태한 산봉오리 위로 가을 은하(銀河)는 홍수가 진 듯이 넘쳐흐르고 있다.

산이 하도 영기(靈氣)로워 이모저모로 돌려보아야 모두 노려보는 눈 같고 이마 같고 가슴 같고 두상 같아서 몸이 스스로 벗은 것을 부끄러울 처지다. 한편으로 생각하면 진정 발가숭이가 되어 알몸을 내맡기기는 이곳에설가 하였다. 낮에 명경대에서 오는 길에 만난 양녀(洋女)²⁶⁵ 두 명이 우락(牛酪)²⁶⁶을 척척 이겨다 붙인 듯한 우통을 왼통 벗고 가슴만, 그도 대보름날 액막이로 올려다 단 집웅 위의 종이달 만큼 동그랗게 두 쪽을 가릴 뿐이요 거들거리고 오기에 망칙해서 좋지 않소! 하였더니 매우 좋소! 하며 부끄러운 줄 모르는 양녀와 농담을 주고받고 한 일도 있었거니와, 금강산이 그다지 기름진 것으로 이름이 높은 곳이 아닌 바에야 천한 살을 벗어도 산그늘이 아주 검어진 뒤에 벗는 것이 옳을 게라고 하였다.

개온히 씻고났다느니보담 몸을 새로 얻은 듯 가볍고 신선하여 여관방에서 결국 밥상을 혼자 받게 되었다. 머얼건 죽만 몇 번 마시고 나서 꿩한 눈으로 밥상을 살피어보는 철이의 등 뒤에 그림자는 장승처럼 구부정 서있다. 고비고사리며 도라지며 취에 소전골에 갖은 절간음식이 모두 그림자가 길게 뉘여 있다.

소리라고는 바람도 자고 뒤뜰 홈으로 흘러 떨어지는 물이 쫄쫄거릴 뿐이요 그래 좀 후련한가 물어보면 좀 나은 것 같어이, 그래 내일 비로봉 넘겠는가 하면, 넘지 넘어, 이야기하며 먹노라니 벅차게 큰 튀각이 유난히도 버그럭소리가 나는 것이었다.

꾀꼬리—남유 제1신(南遊 第一信)—

꾀꼬리도 사투리를 쓰는 것이온지 강진(康津)골 꾀꼬리 소리는 소리가 다른 듯하외다. 경도(京都)[267] 꾀꼬리는 이른 봄 매화 필 무렵에 거진 전차길 옆에까지 나려와 울던 것인데 약간 수리목이 져 가지고 아담(雅淡)하게 굴리던 것이요, 서울 문밖 꾀꼬리는 아까시아꽃 성(盛)히 피는 철 이른 여름에 잠깐 듣고 마는 것이나, 이곳 꾀꼬리는 늦은 봄부터 여름이 다 가도록 운다 하는데 한 놈이 여러 가지 소리를 내는 것입니다.

바루 장독대 뒤 큰 둥그나무가 된 평나무 세거루에서 하로종일 울고 아침햇살이 마악 퍼질 무렵에는 소란스럽게 꾀꼬리 저자를 서는 것입니다.

꾀꼬리 보학(譜學)[268]에 통하지 못하였고 나의 발음기관이 에보나이트[269] 판이 아닌 바에야 이 소리를 어떻게 정확하게 기록하여 보내 드리리까?

이골 태생 명창 함동정월(咸洞庭月)[270]의 가야금병창 〈상사가(相

106

思歌)〉 구절에서 간혹 이곳 꾀꼬리의 사투리같은 구절이 섞이어 들리는가 하옵니다.

그도 그럴사하게 들으니 그렇게 들리는 것이지 어떻게 그럴 수 있겠읍니까.

꾀꼬리도 망녕의 소리를 발하기도 하는 것이니 쪽쪽 찢는 듯이 개액 객 거리는 것은 저것은 표독한 처녀의 질투에서 나오는 발악에 가깝기도 합니다.

동백나무―남유 제2신―

동백꽃을 제철에 와서 못 본 한이 실로 크외다. 그러나 워낙 이름이 높은 나무고 보니 꽃철은 아닐지라도 허울만으로도 뛰어나게 좋지 않습니까? 울안에 선 50주가 연령과 허우대로 보아도 훨씬 고목이 되었건만 잎새와 순이 어찌 이리 소담하게 좋으며 푸른 것이오리까! 같이 푸르러도 소나무의 푸른빛은 어쩐지 노년의 푸른빛이겠는데 동백나무는 고목일지라도 항시 청춘의 녹색입니다. 무수한 열매가 동글동글 열리어 빛갈마자 아릿답게도 붉은빛입니다. 열매에서 향유(香油)가 나와 칠칠한 머릿단을 다시 윤이 나게 하는 것입니다.

예의와 풍습으론 조금도 다른 점을 볼 수 없다 할지라도 울창히 어울어진 동백수풀 그늘 안에 들어서고 보니 남도(南道)에도 남도에를 왔구나 하는 느낌이 굳세어집니다. 기차로 한 밤 한 낮을 허비하여 이 강진골을 찾아온 뜻은 친구의 집 울안에 선 다섯거루 동백나무를 보러 온 것인가 봅니다.

하물며 첫정월에도 흰눈이 가지에 나려 앉는 날 아조 푸른 잎잎에 새빨간 꽃송이는 나그네의 가슴속에 어떻게 박힐 것이오리까! 더욱이 그것이 마을마다 집집마다 있다싶이 한데야 어찌합니까! 무덤 앞에 석물은 못 장만할지라도 동백나무와 반송(盤松)[271]을 심어서 세상에도 쓸쓸한 처소를 겨울에도 봄과 같이 꾸민다 하오니 실로 남방(南方)에서 얻을 수 있는 황홀한 시취(詩趣)[272]가 아니오리까.

때까치—남유 제3신—

평나무 우에 둥그런 것은 까치집에 틀림없으나 드는 것도 까치가
아니요 나는 놈도 까치가 아닙니다.

몸은 가늘고 길어 가슴마자 둥글지 못하고 보니 족제비처럼 된
새입니다.

빛갈은 햇살에 번득이면 남색이 짜르르 도는 순흑색이요 입뿌리
는 아조 노랗습니다. 꼬리도 긴 편이요 눈은 자색이라고 합디다. 까
치가 분명히 조선새라고 보면 이 새는 모양새가 어딘지 물건너적
(的)이 아니오리까? 벙어리가 아닌가고 의심할만치 지저귀는 꼴을
볼 수가 없고 드나드는 꼴이 어딘지 서툴러 보이니 까치집에는 결
국 까치가 울어야 까치집이랄 수밖에 없읍니다.

음력 정이월에 까치가 말른 나무가지와 풀을 물어다가 보금자리
를 둥그렇게 지어놓고 3, 4월에 새끼를 치는 것인데 뜻아니한 침략
을 받아 보금자리를 송두리채 빼앗긴다는 것입니다. 이 침략자를
강진골에서는 '때까치' 라고 일르는데, 까치가 누구한테 배운 것도

아닌 보금자리를 얽는 정교한 법을 타고난 것이라고 하면, 그만 재주도 타고나지 못한 때까치는 남의 보금자리를 빼앗아 드는 투쟁력을 가질 뿐인가 봅니다.

알고 보면 때까치는 조곰도 맹금류에 들 수 있는 놈이 아니요 다만 까치가 너무도 순하고 독하지 못한 탓이랍니다. 우리 인류의 도의로 따질 것이면 죄악은 확실히 때까치한테 돌릴 것이올시다. 그러나 이 한더위에 나무를 타고 올라가 구태여 때까치를 인류의 법대로 다스리고 까치를 다시 불러올 맛도 없는 일이고 보니 때까치도 절로 너그러운 인류의 정원을 장식하게 되는 것입니다.

그러나 만일 보금자리를 빼앗긴 까치떼가 대거 역습하여 와서 다시 탈환하는 꼴을 볼 수가 있으량이면 낮잠이 달아날만치 상쾌한 통쾌를 느낄만한 것입니다.

체화(棣花)─남유 제4신─

꽃이 가지에 피는 것이 아니오리까? 가지뿐이 아니라 덩치에, 덩치에서도 아랫동아리 뿌리 닿는 데서부텀 꽃이 피어 올라가는 꽃나무가 있읍디다. 꽃이 가지에 붙자면 먼저 화병(花柄)[273]이 달리어야 하겠는데 어찌도 성급한 꽃인지 화판(花瓣)[274]이 직접 수피(樹皮)[275]를 뚫고나와 납죽 붙는 것이랍디다. 어린아이들 몸동아리에 만신(滿身)[276] 홍역꽃이 피듯 하는 꽃이니 하도 탐스런 정열에 못 견디어 빛갈마자 진홍(眞紅)이랍니다. 강진골에서는 이것을 체화(棣花)라고 일르는데 꽃이 이운 자리마다 열매가 맺어 달렸으니 원두콩같은 알이 배였읍디다. 먹기 위한 열매도 아니요 기름을 짜거나 열매를 뿌리어 다시 나무를 모종할 수 있거나 한 것도 아니겠는데 그저 매달려 있기 위한 열매로 보았읍니다. 이와 같이 정열이 이운 자리에는 무슨 결실이 있을 만한 일이나 대개 무의미한 결실이 이다지도 수다히 주루루 따른다는 것은 나무로도 혹은 슬픈 일일 수도 있을 것이요 사람에게도 이러한 비유는 얼마던지 볼 수 있지 않습니까. 체화나무에 맺는 열매는 모두 한 성(姓)이라 한문으로 형제간을 상징하는데 이 체화나무를 쓰지마는 사람의 정열에서 맺는 열매는 흔히 성도 다를 수가 있으니 그것은 얼마나 슬픈 형제들이오리까!

오죽, 맹종죽(烏竹, 孟宗竹)—남유 제5신—

참꽃 개꽃이 한창 피명지명 하는 음력 2, 3월에는 이 고장 사면산천(四面山川)에 바람꽃이 뿌옇게 피도록 소란한 바람을 겪어야 한답디다. 그 바람을 다 치르고 4월 그믐께로 다가들면 고은 햇볕과 부드러운 초하(初夏) 기후에 죽순이 쭉쭉 뽑아올라 간답디다. 죽순도 어리고보면 해풍도 잠을 재주어야만 잘도 자라는 게지요. 달포를 크면 평생 가질 키를 얻는 참대나무가 자가웃[277] 기럭지 이전에는 능히 식탁에 올를만 하다 합디다. 싱싱하고 연하고 향취 좋은 죽순을 너무 음식 이야기에 맡기기는 아깝도록 귀하고 조찰한 것이 아니리까?

여리고 숫스럽게 살찐 죽순을 이른 아침에 뚝뚝 꺾는 자미(滋味)란 견주어 말하기 혹은 부끄러운 일일지 모르나 손아귀에 어쩐지 쾌적한 맛을 모른 체할 수 없다는 것은 시인 영랑(永郞)의 말입니다.

그러나 하도 많이 돋아오르는 것이므로 실상 아무런 생채기가 아니 나는 것이랍니다. 울 뒤 오류백 평이 모두 대수풀로 둘리우고 빗소리, 바람소리를 보내는 댓잎새는 사시(四時)로 푸르른데 겨울에는 눈을 쓰고도 진득히 검푸르다는 것입니다. 참대 왕대. 검고 윤이 나는 오죽(烏竹). 동이 흐벅지게 굵은 맹종죽(孟宗竹). 하늘하늘 허리가 끊어질듯 하나 그대로 견디어 천성(天成)[278]으로 동양화취(東洋畫趣)를 갖춘 시느대.

석류, 감시, 유자(石榴, 甘柿, 柚子)—남유 제6신—

감이 가지에 열자 익기 전에 달기부텀 하는 감을 감시(甘柿)라고 일컬으는데 이 나무가 현해탄을 건너왔건마는 이 강진골에 와서도 잘도 자랍니다. 벌써 자하문 밖 능금만큼씩 쥐염쥐염 매달려 살이 붙었읍니다.

석류라면 본시 시디 신 것으로 알아왔드랬는데 이곳 석류는 익으면 아조 달디 단 것이랍디다. 감류(甘榴)라고 일릅디다.

벌써 육칠세 된 아이들 주먹만큼이나 굵어졌으니 음력 팔월 중순이면 쩍쩍 벌어져 으리으리한 홍보석(紅寶石)같은 잇몸을 들어보인답니다. 유자나무를 맞댐해 보았더니 앙당하게 짙은 잎새가 진득히 푸르고 어인 가시가 그렇게 사납게 다닥다닥 솟은 것입니까. 괴팍스럽기는 하나마 격이 천하지 않은 나무로 보았읍니다.

구렁이나 뱀이 허리를 감아 올라가면 이내 살지 못하고 말라버린다 합니다. 정렬(貞烈)[279]한 여성과 같은 나무의 자존심을 헤아릴 수 없지 않습니까!

지리산 호랑이는 딱총을 맞아도 다만 더러운 총을 맞았다는 이유로 분사(憤死)[280]한다는데 이곳 유자나무도 그러한 계통을 받은 것이나 아닐지. 열매가 익으면 향취가 좋고 빛깔이 유난히 노랗다 합니다.

　맛이 좋아서 치는 과실이 아니라 품(品)이 높아서 조상을 위하는 제사에나 놓는다 하니 뱀에 한번이라도 감기어 쓰겠읍니까!

다도해기(多島海記)—1 : 이가락(離家樂)²⁸¹

잠시 집을 떠나서 나그네가 되는 것이 흡사히 오래간만에 집을 찾아드는 것과 같이 기쁠 수 있는 일이기도 하다.

집을 떠나는 기쁨! 그래도 집이 있고 이웃이 있고 어버이를 모시고 처자를 거나리는 사람이라야 오직 가질 수 있는 기쁨으로 돌릴 수밖에 없다.

가루(家累)²⁸²라는 말을 쓰기로 하자. 가루에 얽매여 보지 못한 매아지²⁸³같이 자유로울 수 있는 사람이 지금 형편으로는 미상불²⁸⁴ 부러웁기 그지없다.

허나, 내가 부러워하는 훗훗히 신세 편한 사람들이여, 집안일 나 모릅세 하고 홀떨어 안해에게 처맡기고 물따라 구름따라 훌훌히 떠나가는 기쁨은 그대가 애초에 알 수가 없으리라.

라빈드라나드 타고르 시에 이러한 뜻으로 된 것이 있었던 줄로 기억되는 것이 있으니, 어린 아기가 본래 초사흘 달나라에서 아무 것도 부족한 것이 없이 행복하였지만 어머니 무릎에 안기어 우는 부자유가 더 그립어 이 세상에 나려온 것이라는 것이다. 완전한 자유보다는 사랑에 사로잡히는 것이 더 즐겁다는 뜻으로 된 시다.

글세 내가 이 세상에 태여난 것도 타고르의 시풍(詩風)으로 장식해야 할 것인지 아닌지 모르겠으나, 가물음에 틉틉하고 무덥은 골목길에 나서서 밤하늘에 달을 아무리 치어다보아야 이러한 인도풍의 신비가 염두에도 오르지 아니한다.

나는 마침내 생활과 가정에 흑노(黑奴)[285]와 같이 매인 것이요, 가다가는 성급한 폭군도 되는 것이요, 무슨 꾀임에 떨어져 나가듯이 며칠 동안은 고려할 여유조차 가지지 않고 빠져나가는 에고이스트로 돌변하는 것이다.

말하자면 집안에서 실상 에고이스트로서의 교양을 실행할 만한 사람이 나 이외에는 없는 것이다. 모기와 물것에 씨달피면 씨달피었지, 더위와 자주 성치않은 어린아이들로 찢기면 찢기었지, 잡았던 일거리를 손에서 털고 일어서듯 할 만한 사람이 나 이외에는 있지 않다. 먼저 안해로 예를 들어 말할지라도 집안에 내동댕이쳐 둔 살림기구처럼 꼼작없이 집을 지키는 이외에는 집을 간혹 비워두는 지식이 전혀 없다. 혹은 솔선하여 남편을 선동해서 어린것들과 가까운 거리의 해풍(海風)이라도 쐬임즉도 한 것이 먼저 자기해방의 일리(一利)가 되는 것인 줄을 도모지 모르는 것에 틀림없다. 나는 이것을 구타여 불행한 일로 생각지는 않게 되었다.

이리하여 내가 다도해를 거쳐 한라산에를 향하야 떠나던 전전날부터 대소롭지 않은 준비였으나 실상 안해가 나보다 더 바삐 구던 것이다.

등산화를 끄내어 기름으로 손질을 하는 둥 속샤쓰를 몇 벌 새로 재봉침에 둘러내는 둥 손수 건감을 두루는 둥 등산복일지라도 빳빳해야만 척척 감기지를 덜 한다고 풀을 먹여 다리는 둥 나가서도 자리옷은 있어야 한다고 고의적삼을 새로 박는 둥, 부산히 구는 것이었다.

운동구점에 바랑[286]을 사로 나갔을 적에는 자진하여 따라나서는 것이었다. 나그네길을 뜨는 것이란 그 계획에서부터 어쩐지 신선한 바람이 부는 것이다. 등산바랑을 지기는 실상 내가 지고 가는 것이겠는데 그날은 어쩐지 안해도 심기가 구긴 데가 없이 쾌활히 구는 것이었다. 같이 나온 길에 종로로, 진고개로, 남대문으로 휘돌아온 것이었다. 데파트[287]에도 들리고 간단한 식사도 같이 한 것이다. 그는 과언(寡言)[288]인 편이기는 하나 그날은 상당히 말이 있었고, 걸음도 가볍고 쾌하게 따르던 것이었다.

수학여행이나 등산에 경험이 아주 없는 그는 이리하야 그런 기분을 얼마쯤 찾을 수 있는 양으로 살피었던 것이다.

떠나던 날 밤은 하늘과 바람에 우정(雨情)이 돋는데도 불구하고 구타여 열한 살 난 놈을 다리고 역에까지 나가 떠나는 것을 보겠다는 것이다. 몇 군데 알리면 우정[289] 나와서 여정(旅程)을 화려하게 꾸미어 보내줄 이도 있었겠는데 안해가 하도 서두루는 바람에 그대로 그 뜻을 채워주었던 것이다.

자리를 미리 들어가 잡아주며 강진(康津)까지 가는 생도[290] 하나를 찾아 앞자리에 앉도록 하고, 그리고 나가서 차창 앞에 서서 시간을 기다리는 것이었다. 귀찮다든지 고맙다든지 미안스럽다든지 가엾다든지 그러한 새삼스러운 감정과 눈으로 그를 불빛 휘황한 플랫폼에 세워놓고 바라본 것은 아니었다.

그날 밤 그가 입었던 모시백이 치마가 입고 나서기에는 너무 굵고 억센 것이었고, 빛갈이 보통 옥색일지라도 좀더 짙을 수도 있지 않을까 생각되었다. 소나기가 쏟아질 듯하니 어린것 다리고 어서 들어가라고 재촉하여 보내놓고도 기차가 떠날 시간은 아직도 남은 것이었다. 유리에 나려와 붙는 빗방울에 이마며 팔둑을 내여 적시우는 맛은 서늘옵고 쾌한 것이니 이만한 빗발 같으면 밤새워 놋낫 맞으며 자며 갈 만도 하다고 생각할 때 호남선 직통열차는 11시 30분에 떠나는 기적을 길게 뽑던 것이었다.

다도해기—2: 해협병(1)

목포서 아홉 시 반 밤배를 탔읍니다. 낮배를 탔더라면 좀도 좋았으리까마는 회사에서 제주 가는 배는 밤배 외에 내놓지 않았읍니다. 배에 올르고 보니 제주 가는 배로는 이만만 해도 부끄러울 데가 없는 얌전하고도 예쁜 연락선이었읍니다. 선실도 각등(各等)이 고루 구비하고도 청결한 것이었읍니다. 우리는 좀 늦게 들어갔드랬는데도 자리가 과히 뵈좁지 않을 뿐 외라 누을 자리 앉을 자리를 넉넉히 잡았읍니다. 바로 옆에 어떤 중년 가까이 된 부녀 한 분이 놀라웁게도 풀어헤트리고 누워 있는데 좀 해괴하고도 어심에[291] 쾌씸한 생각이 들어 무슨 경고 비슷한 말을 건늬어 볼까 하다가 나그네 길로 나선 바에야 이만 일 저만 꼴을 골고로 보기도 하는 것이란 생각이 나서 그만 잠자코 있었읍니다. 등산복을 훌훌 벗어버리고 바랑 속에 지니고 온 갈포[292] 고의적삼으로 바꾸어 입고나니 퍽도 시원했읍니다. 십년 전 현해탄 건늬어 다닐 적 뱃멀미 앓던 지긋지긋한 추억이 일기에 댓자곳자 들어눕고 다리를 폈읍니다. 나의 뱃멀미라는 것은 바람이 불거나 안 불거나 뉘(파도)가 일거나 안 일거나 그저 해협을 건늘 적에는 무슨 예절처럼이라도 한통 치러야 하는 것이었습니다.

이번에도 멀미가 오나 아니 오나 누워서 기다리는 체재(體裁)를 하고 있노라니 징을 치고 호각을 불고 뚜—가 울고 하였습니다. 뒤 통수에 징징거리는 엔진의 고동을 한 시간 이상 받았는데도 아직 아무렇지도 않았습니다. 선실에 누워서도 선체가 뉘를 타고 오르고 나리는 것을 넉넉히 증험할 수가 있는데 그럴 적에는 혹시 어떤 듯 하다가도 그저 그대로 참을 만하게 넘어가는 것입니다. 병중에 뱃 멀미는 병중에도 연애병(戀愛病) 같은 것이라 해협과 춘청(春靑)[293] 을 건늬어 가랴면 의례히 앓을 만한 것으로 전자에 여긴 적이 있었 는데, 나는 이제 뱃멀미도 아니 앓을 만하게 나이를 먹었나 봅니다. 실상 그럴 수밖에 없는 것이 지금 내가 누워서 지나는 것이 올망졸 망한 무수한 큰섬 새끼섬들이 늘어선 다도해 위가 아닙니까. 공해 (公海)가 아니요 바다로 치면 골목길을 요리조리 벗어나가는 셈인 데 큰 바람이 없는 바에야 무슨 큰뉘가 일 것이겠습니까. 천성(天 成)으로 훌륭한 방파림(防波林)을 끼고 나가는데 멀미가 나도록 배 가 흔들릴 까닭이 없었던 것입니다. 이러고 보면 누워있을 까닭이 없다고 일어날까 하고 망사리노라니 갑판 위에서 통풍기를 통하여

"지용! 지용! 올라와! 등대! 등대!" 하는 영랑(永郎)의 소리였습니 다(우리 일행은 영랑과 현구(玄鳩), 나, 세 사람이었습니다). 한숨에 갑판 우에 오르고보니 갈포 고의가 오동그라질듯이 선선한 바람이 수태도 부는 것이 아닙니까.

다도해기—3: 해협병(2)

아아! 바람도 많기도 하구나! 섬도 많기도 하구나! 그저 많다는 생각 외에 없어서 마스트 끝에 꿰뚫리고도 느직이 기울어진 대웅성좌(大熊星座)[294]를 보고도, 수로(水路) 만리를 비추고도 남을 달을 보고도, 동서남북 사위팔방(四位八方)을 보고도, 그저 많소이다! 많소이다! 하는 말씀 밖에는 아니 나왔읍니다. 많다는 탄사(嘆辭)[295]가 내쳐 지당한 생각으로 변해서 그저 지당하온 말씀이올시다, 지당한 말씀이올시다 하였읍니다. 배는 과연 쏜살같이 달리는 줄을 알았으며, 갑판이 그다지 넓다고는 할 수 없으나 수백 인이라도 변통하여 앉을 수 있었읍니다. 구석구석에 끼리끼리 모여앉고 눕고 기대고 설레고 하는데 켈도를 펴고 덮고 서로 자는 척하다가 나중에는 서로 흩틀어 잡아뺏는 장난을 시작하여 시시거리고 웃고 하는 패가 없나, 그 중에도 단발머리에 유카타[296] 입은 젊은 여자가 제일 말괄량이 노릇을 하는데 무슨 철도국원 같은 청년 이삼 인이 한데 어울려 시시대는 것이었고, 어떤 자는 한편에서 여자의 무릎을 베고 시

124

조를 듣고 있는 자가 없나, 옆에 붙어앉아 있는 또 한 여자는 어떠한 여자인지 대종할 수 없읍니다. 차림차림새는 살림하는 여자들 같으나 무릎에 사나히를 눕히고 노래를 불른다는 것이 아모리해도 놀던 기집에 틀림없었읍니다. 장의자(長椅子) 위에 무릎을 꿇고 이마를 붙이고 달팽이처럼 쪼그리고 자는, 다비[297] 신은 할머니도 있었읍니다.

가다가 추자도(楸子島)에서 나린다는 소학생들이 벼개를 나라니 하고 켈도를 덮고 있기에 나는 용서도 청할 것 없이 그 아이들이 덮은 켈도 자락 한 옆을 잡아다리어 그 우에 누워서 하늘을 보기로 했읍니다. 아이들도 괴잇적게 여기는 것이 아니었읍니다. 이러는 동안에도 하도 많은 섬들이 물러가고 물러오고 하는 것이었읍니다. 달밤에 보는 것이라 바위나 나무라던지 어촌이나 사람을 짐작할 수 있는 것은 아니나 거뭇거뭇한 덩어리들이 윤곽이 동긋동긋하게 오히려 낮에 볼 수 없는 섬들의 밤얼굴이 더 아름답지 않습니까. 그러나 하도 많은 것이 흠이 아닐까 합니다. 저 섬들이 총수가 늘 맞는 것일지, 제자리를 서로 바꾸지나 않는 것일지, 몇 개는 하로 아침에 떠 들어 온 놈이 아닐지, 몇 개는 분실하고도 해도 우에는 여태껏 남아있는 것이 아닐지 몰르겠으며, 개중에는 무뢰한 도서(島嶼)들이 있어서 도적(島籍)에도 가입치 않은 채로 연안에 출몰하는 놈들이 없지 않을까 합니다. 나는 꼭 바로 누워있는 나의 콧날과 수직선 위에 별 하나로 일점(一點)을 취하여 놓고 배가 얼마쯤이나 옮겨가는 것인지를 헤아려 볼랴고 하였읍니다. 몇 시간을 지나도 별의 목표와 나의 시선이 조금도 어그러지는 것이 아니었읍니다. 우리가 지구 위로 기어다닌다는 것이 실상 우스운 곤충들의 놀음과 같지 않습니까. 그래도 우리 일행이 전속력을 잡어 탔음에 틀림없는 것이, 한잠 들었다 깨었다 하는 동안에 뜀뛰기로 헤일지라도 기좌도, 장산도, 우수영, 가사도, 진도, 새섬을 지나지 않었겠읍니까!

다도해기—4: 실적도(失籍島)

배가 추자도에 다달았을 때 잠이 깨었습니다. 지리과 숙제로 지도를 그리어 바칠 적에 추자도쯤이야 슬쩍 빼어버리기로소니 선생님도 돗뵈기를 쓰셔야 발견하실까 말까 생각되던 녹두알 만하던 이 섬은 나의 소학생 적에는 시험점수에도 치지 않았던 것입니다. 이제 달도 넘어가고 밤도 새벽에 가까운 때 추자도의 먼 불을 보니 추자도는 새벽에도 샛별같이 또렷한 것이 아니오리까! 종래 고무로 지워버리지 못하고 그대로 말은 이 섬에게 이제 꾸지람을 들어야 할까봅니다. 그러나 나의 슬픈 교육은 나의 어린 학우들의 행방과 이름조차 태반이나 잃어버렸는데도 너의 이름만은 이때껏 지니고 오지 않았겠나! 이 밤에 너의 기슭을 어루만지며 너의 곤히 잠든 나룻을 슬치며 지나게 된 것도 전생에 적지 않은 연분이었던 모양이로구나 하였읍니다.

갑판에서는 떠들썩하고 희희거리던 사람들이 모두 깊이 잠들었읍니다. 평생에 제주해협을 찾아오기는 코를 실컷 골기로 온 양으로 생각되는 사람도 있었읍니다. 어쩐지 나는 아까워서 눈을 다시 붙이고 잠을 청해올 수가 없었읍니다. 배가 점점 가까이 다가감을 따라 섬의 불빛이 늘어서기를 점점 넓게 하는 것이 아니겠읍니까. 섬에도 전등불이 켜진 곳은 실상 그 중에도 한 부분에 지나지 않을 것이요 그 중에도 술과 담배나 울긋불긋한 뺨을 볼통히 하고 있는 사냥개나 사슴이나 원숭이를 그린 성냥갑이나 파는 집에 지나지 않을 것이니, 선인(船人)과 어부들이 모여 에튀 주정하며 쌈하며 노름하며 반조고로하고 요망한 계집들이 있어 더 한층 흥성스러운 그러한 종류의 거리에 뿐일 것이 아니겠읍니까. 그 외에 개짐생이나 나무나 할아버지 손자 형수 시동생 할 것 없이 불도 없이 거믄 바닷소리와 히유스럼한 별빛에 싸이어 자는 어촌이 꽤 널리 있을 것입니다. 어쩐지 성급하게도 배에서 뛰어나려 한숨에 기어올라 가보고 싶어지는 것이 아닙니까. 이상스럽게도 혀끝에 돌아가는 사투리며 들어보지 못한 민요며 연애(戀愛)와 비애(悲哀)에 대한 풍습이며— 그러한 것들이 어쩐지 보고싶어 하는 생각이 불 일듯 하는 것이 아닙니까. 서령[298] 쫓아 올라가서 무턱대고 두들긴 문 앞에서 곤한 잠에서 뿌시시 일어나온 사나운 할머니한테 무안을 보고 말음에 지나지 않을지라도 이 섬은 나의 호기심을 모두 합하여 쭈구리고 있는 것입니다.

배가 바로 섬에 닷는 것이 아니라 상당한 사이를 두고 닻을 나리고 쉬는 것입니다. 노를 저으며 오는 적은 목선들이 마침 기달렸었노란 듯히 몰려와서 사람을 나리우고 짐을 풀고 하며 새벽포구가

와짜지끌하며 불빛이 요란해지는 것입니다. 웬 짐짝과 물화가 이렇게 많이 풀리는 것입니까. 또 실리는 물건도 많은 것입니다. 밤이라 섬의 윤곽을 도저히 볼 수 없으나 내가 소학생 적에 가볍게 무시하였던 그러한 절도(絶島)[299]는 아닌 것이 틀림없읍니다. 희뚝희뚝하는 적은 목선에 실리어 섬으로 가는 젊은 여자 몇은 간단한 양장까지 한 것이었고, 손에 파라솔까지 가진 것이니 여자라는 것은 절도에서도 몸짓과 웃음이 유심히 사람의 눈을 끄는 것이 아닙니까. 그것이 더욱이 말성스럽지 않은 섬에서 보니깐 더 싱싱하고 다혈적이고 방심(放心)한 것이 아니오리까. 밤에 보아도 건강한 물기가 듣는 듯한 얼굴에 웃음소리 말소리가 물결 우에 또랑또랑 울리며 가는 것입니다. 그러나 이 아닌 이른 새벽에 무엇이 그렇게 재깔거릴 것이 있는 것이며 웃을거리가 많은 것입니까. 사투리는 사투릴지라도 대개 알아들을 수 있는 말이며, 짐 푸는 일군들의 노래소리는 실상 전라도에서도 경기도에서도 듣지 못한 곡조였으나 구슬프고도 힘차고 굳센 소리였읍니다. 생활과 근로가 있는 곳이면 어디서던지 절로 생길 수 있는 노래곡조인 것에는 틀림없읍니다.

목선 한 척이 또 불을 켜들고 왔는데 뱃장 널빤지쪽을 치어들고 보이는 것은 펄펄 뛰는 생선들이 아닙니까! 값도 놀랍게도 헐한 것입니다. 사라고 권하기도 하는 것이요 붉은도미 흐벅진 놈을 사서 갑판 위에서 회를 쳐서 먹고싶은 것입니다. 독하고도 맛이 감치는 남도 소주를 기우리면서 말이지요. 눈이 초롱초롱하고 펄펄 살아 뛰는 놈을 보고서 돌연한 식욕을 일으키는 것은 사람의 본성이 아닐 수 없을 것입니다. 그러나 나의 절제로서 가볍게 넘기지 못할 그러한 맹렬한 식욕에까지 이른 것도 아니니 그야 하필 붉은도미에 뿐이겠읍니까? 이렇게 나그네길로 나서고 보면 모든 풍경에 관한 것이나 정욕이나 식욕이나 이목에 관한 것이 모두 싱싱하고 다정까지도 한 것이나 대개는 대단치 않은 절제로서 보내고 지나고, 그리고 바로 다시 떠나가야 할 수밖에 없는 것입니다.

다도해기—5: 일편낙토(一片樂土)

한라산이 시력범위 안에 들어와 서기는 실상 추자도에서도 훨씬 이전이었었겠는데, 새벽에 추자도를 지내놓고 한숨 실컷 자고나서도 날이 새인 후에야 해면 우에 덩그렇게 선연히 허우대도 끔직이도 크게 나타나는 것이 아닙니까! 눈물이 절로 솟도록 반갑지 않으오리까. 한눈에 정이 들어 즉시 몸을 맡기도록 믿음직스러운 가슴과 팔을 벌리는 산이외다. 동방(洞房)[300] 화촉(華燭)[301]에 초야를 새우올제 바로 모신 님이 수집고 부끄럽고 아직 설어 겨울뿐일러니 그님의 그 얼굴 그 모습이사 동창이 아주 희자 솟는 해를 품은 듯 와락 사랑홉게 뵈입는 신부와 같이 나는 이날 아침에 평생 그리던 산을 바로 모시었읍니다.

이지음 슬프지도 않은 그늘이 마음에 나려앉어 좀처럼 눈물을 흘린 일이 없었기에 인제는 나의 심정의 표피가 호도(胡桃)[302] 껍질같이 오롯이 굳어지고 말었는가 하고 남저지[303] 청춘을 아주 단념하였던 것이 제주도 어구 가까이 온 이날 이른 아침에 불현듯 다시 살아

131

나는 것이 아니오리까. 동행인 영랑과 현구도 푸른 언덕까지 헤엄쳐 올르라는 물새처럼이나 설레고 푸덕거리는 것이요, 좋아라 그러는 것이겠지마는 갑판 위로 뛰어돌아다니며 소년처럼 히살대는 것이요, 꽥꽥걸거리는 것이었습니다. 산이 얼마나 장엄하고도 너그럽고 초연하고도 다정한 것이며 준열(峻烈)[304]하고도 지극히 아름다운 것이 아니오리까. 우리의 모륙(母陸)이 이다지도 절승(絕勝)한 종선(從船)[305]을 달고 엄연히 대륙에 기항(寄港)하였던 것을 새삼스럽게 감탄하지 않을 수 없었습니다. 해면(海面)에는 아직도 야색(夜色)이 개이지 않았는지 물결이 개온한 아침얼굴을 보이지 않았건만, 한라산 이마는 아름풋한 자주빛이며 엷은 보랏빛으로 물들은 것이 더욱 거룩해 보이지 않습니까. 필연코 바다 저쪽의 아침해를 미리 맞음인가 하였으니, 허리에 밤잔 구름을 두르고도 그리고도 그 우에 다시 헌출히 솟아오릅니다.

배가 제주성내(濟州城內) 앞 축항(築港)[306] 안으로 들어가자 큼직한 목선이 어부들을 데불고 마중을 나온 것이었습니다. 갑자기 소나기 한줄금을 맞으며 우리는 목선에로 옮겨타고 성내로 상륙하였습니다. 흙은 검고 돌을 얽었는데 돌이 흙보다 더 많은 곳이었습니다. 그리고도 사람의 자색(姿色)[307]은 희고도 아름답지 않습니까. 소나기 한줄금은 금시에 개이고 멀리도 밤을 새워 와서 맞는 햇살이 해협 일면에 부챗살 퍼듯 하였습니다. 섬에도 놀라울만치 번화한 거리가 있고, 빛난 물화(物貨)가 놓이고 팔리고 하지 않습니까. 그보다도 눈이 새로 열리는 듯이 화안한 것은 집집마다 거리마다 백일홍, 협죽도가 한창 꽃이 어울리어 풍광의 밝음을 돋우는 것입니다. 귤이며 유자며 지자(枳子)[308]들이 모두 푸른 열매를 달고 있는 것이요 동백나무, 감나무, 석남(石楠), 참대들이 바다보다 푸르게 짙어 무르녹은 것입니다. 햇빛에 나의 간지러운 목을 맡기겠사오며 공기는 차라리 달아 혀에 감기는 것입니다. 꾀꼬리도 마을에 나려 와 앉는데 초롱초롱한 울음을 자랑하는 것이 아닙니까. 가마귀 지저귐도 무슨 흉조로 들을 수가 없습니다.

그러나 토리(土利)[309]는 사람을 위하여 그다지 후한 것으로 생각 되지 않았사오며 제주도는 마침내 한라영봉의 오롯한 한덩어리에 지나지 않는 곳인데, 산이 하두 너그럽고 은혜로워 산록을 둘러 인 축(人畜)을 깃들이게 하여 자고로 넷 골을 이루도록 한 것이랍니다. 그리하야 사람들은 돌을 갈아 밭을 이룩하고 우마(牛馬)를 고원에 방목하여 생업을 삼고, 그러고도 동녀(童女)까지라도 열길 물속에 들어 어패(魚貝)와 해조를 낚어내는 것입니다. 생활과 근로가 이와 같이 명쾌히 분방(奔放)히 의롭게 영위되는 곳이 다시 있으리까? 거 리와 저자에 넘치는 노유(老幼)와 남녀가 지리(地利)와 인화(人和) 로 생동하는 천민(天民)들이 아니고 무엇이오리까. 몸에 깁[310]을 감 지 않고 뺨에 주(朱)와 분(粉)을 발르지 않고도 지체(肢體)와 자색이 전아(典雅) 풍염(豊艶)[311]하고 기골은 차라리 늠름하기까지 한 것이 아니오리까. 미녀가 구덕(제주 여자는 머리로 이는 일이 없고 구덕 이라는 것으로 걸방하여 진다)과 지게를 지고도 사리고 부끄리는 일이 없습니다. 갈포(葛布)[312]나 마포(麻布)[313] 토산으로 적삼과 치마를 지어 입되 떫은 감물(柹汁)을 물들여 그 빛이 적토색(赤土色)과 다를 데가 없읍니다. 그러나 그것이 도리어 흙과 비에 젖지 않으며 바다와 산에서 능히 견딜 수 있는 것이니, 예로부터 도적과 습유(拾遺)[314]가 없고 악질(惡疾)[315]과 음풍(淫風)이 없는 묘묘(杳杳)[316]한 양상낙토(洋上樂土)에 꽃과 같이 아름다운 의상(衣裳)이 아니고 무엇이오리까.

다도해기—6: 귀거래

해발 일천구백오십 미돌(米突)³¹⁷이요 리(里)수로는 육십리가 넘는
산꼭두에 천고의 신비를 감추고 있는 백록담 푸르고 맑은 물을 곱
비도 없이 유유자적하는 목우(牧牛)들과 함께 마시며 한나절을 놀
았읍니다. 그러나 내가 본래 바닷이야기를 쓰기로 한 것이오니, 섭
섭하오나 산의 호소식(好消息)은 할애(割愛)하겠읍니다. 혹은 산행
일백이십리에 과도히 피로한 탓이나 아니올지 나려와서 하룻밤을
잘도 잤건마는 축항부두로 한낮에 돌아다닐 적에도 여태껏 풍란(風
蘭)의 향기가 코에 알른거리는 것이요, 고산식물 암고란(岩高蘭) 열
매(시레미)의 달고 신 맛에 다시 입안이 고이는 것입니다. 깨끗한
돌 위에 배낭을 벼개 삼아 해풍을 쏘이며 한숨 못 잘 배도 없겠는데,
눈을 감으면 그 살찌고 순하고 사람 따르는 고원의 마소들이 나의
뇌수(腦髓)를 꿈과 같이 밟고 지나며, 꾀꼬리며 휘파람새며 이름도
모를 진기한 새들의 아름다운 소리가 나의 귀를 소란하게 하는 것
이 아닙니까. 높은 향기와 아름다운 소리는 어진 사람의 청덕(淸德)

안에 갖추어 있는 것이라고 하면 모든 동방의 현인들은 저으기 괴로운 노릇이었을 것이, 내가 산에서 나려온 다음날 무슨 덕(德)과 같은 피로에 견딜 수 없는 것으로 눌러 짐작할 듯하옵니다. 해녀들이 일할 때를 기다리다 못하여 해녀 하나를 붙들고 물속엘 들어 뵈지 않겠느냐고 하니깐,

"반시간 시민 우리들 배타그넹애 일하레 가쿠다."

우리 서울서 온 사람이니 구경 좀 시키라니깐,

"구경해그넹애 돈 주쿠강?"

돈을 내라고 하면 낼 수도 있다고 하니깐,

"경하민 우리배영 갓찌 탕앙가쿠가?"

돈을 내고라도 볼 만한 것이겠으나 어짠지 너무도 Bargain's bargain[318](매매계약)적인데는 해녀에 대한 로맨티시즘이 엷어지는 것입니다. 그리고 그를 따라 배를 타고 가다가는 여수 가는 오시(午時) 배를 놓치고 말 것이 아닙니까. 우리는 축항을 달리 돌아 한편에서 해녀라기 보담은 해소녀(海少女) 일단(一團)을 찾아냈으니, 호-이 휘파람소리(물속에서 나오면 호흡에서 절로 휘파람소리가 난다)에 두름박을 동실동실 띄우고 푸른 물 속을 갈매기보다도 더 재빨리 들고 나는 것입니다.

제주에 온 보람을 다 찾지 않았겠읍니까. 물속에 드는 시간이 대개 이삼십초가량이요 많아야 일분 동안인데 나올 적마다 청각, 미역, 소라 등속을 훔켜들고 나오는 것입니다. 그리면서 떠들며 이야기하며 하는 것이니, 우리는 그들이 뭍으로 기어 올라오기를 기다

리고 있었던 것입니다. 열육칠세쯤 되어보이는 해녀들이 인어와 같은 모양을 하고 올라오는 것입니다. 잠수경을 이마에 붙이고 소중의[319](潛水衣)로 간단히 중요한 데만 가린 것에 지나지 않았으나 그만한 것으로도 자연과 근로와 직접 격투하는 여성으로서의 풍교(風教)에 책잡힐 데가 조금도 없는 것이요, 실로 미려하게 발달된 품이 스포츠나 체조로 얻은 육체에 비길 배가 아니었읍니다. 그리고도 천진한 부끄럼을 속이지 못하여 뺨을 붉히는 것입니다. 우리는 그 중에 한 소녀를 보고 그것(잠수경)을 무엇이라고 하느냐고 물으니깐 "거 눈이우다." 안경을 '눈' 이라고 하니 해녀는 눈을 넷을 갖고 소라와 전복과 조개가 기어다니며 미역과 청각이 푸르고 산호가 붉은 이상스런 삼림 속으로 하로도 몇 차례식 나려가는 것입니다. 하도 귀엽기에 소녀의 육안을 손고락으로 가르치며 저 눈은 무슨 눈이라고 하노 하니깐,

"그 눈이 그 눈이고 그 눈이 그 눈입주기 무시거우깡?"

소녀는 혹시 성낸 것이나 아니었을까? 그러나 내가 웃어버리니깐 소녀도 바루 웃었읍니다. 물론 물에서 금시 잡아내온 인어처럼 젖어 서서 있는 것이었읍니다. 소라와 같이 생기었으나 그보다 적은 것인데 꾸정이라고 이릅니다. 하나에 얼마냐고 물으니,

"일전마씸."

이것을 어떻게 먹는 것이냐고 물으니,

"이거 이제 곧 깡먹으면 맛좋수다."

까주기만 하량이면 반듯이 먹으랴고 별르고 있노라니 소녀는 돌

맹이로 꾸정이를 깨어 알맹이를 손톱으로 잘 발라서 두 손으로 공
순히 바치며,

"얘—이거 먹읍서."

맛이 좋고 아니 좋고 간에 우리는 얼굴을 찡그리어 소녀들의 고
은 대접을 무색하게 할 수가 없었읍니다. 헤엄치며 있던 소년 하나
이 소녀의 두름박을 잡아다리어가지고 물로 내동댕이치며 헤여 달
아나는 것입니다. 소녀는 사풋 나려서더니 보기좋게 다이빙 자세로
뛰어들어가 몇간통이나 헤어서 소년을 추적해 잡아가지고 발가벗
은 등을 냅다 갈기며,

"이놈의 새끼 무사경 햄시니!"

하도 통쾌하기에 손벽을 치며 환호하였더니 소녀는 두름박을 뺏
어 끼고 동실거리며,

"무사경 박수 첨시니?"

물에서는 소년이 소녀의 적수가 될 수 없는 것이었읍니다. 그야
우리도 바다와 제주처녀의 적수가 애초에 될 수 없었기에 다시 연
락선을 타고 이번에는 여수로 항로를 잡지 않았겠읍니까. 다도해
중에도 제일 아름답고 기절(奇絶)한 코스로 들어 다도해의 낮과 황
혼과 새벽과 아침을 모조리 종단(縱斷)하면서…브라보!

화문행각(畵文行脚)—1: 선천(1)

천북동(川北洞) 뒤가 대목산(大睦山), 눈 우에 낙엽송이 더욱 소조 (蕭條)하야 멀리보아 연기에 짜힌 듯하다. 이 산줄기가 좌우로 선천 읍(宣川邑)을 히동그란히 싸고 돌아 다시 조그만한 내를 흘리워 시 가지 중앙을 뀌뚫었으니 서남에서 동북으로 흐른다.

삼동(三冬)[320]내 얼어붙은 냇물도 제철엔 제법 수세(水勢) 좋게 흘 러 차라리 계곡수답게 차고 맑기까지 하다 그러나 청천강(淸川江) 줄기 같이 큰물이라곤 없는 곳이 들이랄 것이 없어 안옥한 분지(盆 地)로 되었다. 겨울에 바람은 없지만 여름에 무더위가 심한 편이요 아침에 밥들 지어먹은 연기가 열한시 열두시까지 서리고 있어 빠져 나갈 틈이 없다니, 이골 사람들이 자칭 산골사람이로라고 하는 것 도 그저 겸사(謙辭)의 말도 아닐까 한다.

그러나 호수로 사천이 넘고 이만 인구가 호흡하는데 초가라곤 별 로 없고 계와집 아니면 양옥이다. 산골에서 여차직하면 양옥을 짓 고 사는 이곳 사람들은 첫눈에 북구인(北歐人)같은 침중(沈重)[321]한

139

기질을 볼 수 있다. 별장지대 풍의 소비적 소도시인지라 소매상가를 지날 때 양식 식료품, 모사(毛絲)[322] 의류, 화장품, 약품, 과자 등이 어덴들 없을까 잡다하다느니보다 많은 진열, 배치된 품이 착실하기 Quality street다운 데가 있으니, 물건 팔기 위한 아첨이라든지 과장하는 언사를 들을 수 없고 등을 밖으로 향하야 앉어 성경 읽기에 골독하다가 손님이 들어서면 물건을 건늬고 돈을 받은 후에 별로 수고로운 인사도 없이 다시 돌아 앉어 책을 드는 여주인을 볼 수 있는 것이 예사다.

장로교가 거진 풍속화하였다는 것을 이 일단으로도 짐작할 만하니 내가 새삼스럽게 장로교 경영의 남녀 학교라든가 병원, 양로원, 고아원이라든가를 열거해야만 할 것도 없이 선천은 사회시설의 모범지다. 개인으로 공회당, 도서관, 학관을 겸한 선천회관을 제공한 이가 없겠나 동, 서, 남, 북 교회 등 4대 예배당이 읍을 4소교구로 분할하야 주사청루(酒肆靑樓)[323]에 배당한 토지가 없이 되었다. 더욱이 남교회(南敎會)라는 예배당은 거대한 2층 연와(煉瓦)[324] 건축인데 일천수백 명을 앉칠만한 홀이 2개가 있다. 1소교구의 신도의 각자 의연(義捐)[325]으로 된 것인데, 건축경비 6만원이라는 거액이 어떠한 방법으로 판출(辦出)[326]되었는가 하면 일례를 들건대 월급 50원의 가족을 거나리는 신도가 일구(一口)[327] 50원을 의연하되 불과 삼사 삭에 완납하였다.

남교회 건축에 관한 부채는 깨끗이 청산되고도 여유가 있었다. 여자사회(女子社會)가 얼마나 발달되었는지 청년회, 합창대 등은 물론하고 춘추로 그네뛰기와 때로 대회를 열되 순연히 여자만으로서 주최하며, 시어머니 며느리가 2인3각으로 출전하야 우승하였고 상품으로 평안도 놋쟁반 크다마한 것을 탔다고 했다.

동백나무도 이곳에 와서는 방에서 자란다. 이중 유리창으로 눈빛이나 햇빛을 맞어 들이게 밝은 4칸 온돌 안의 동백나무는 자다가 보아도 새록히도 푸르고 참하다.

분(盆)에 심기어 가지가 다옥 다옥 열리운 것이 적은 반송(盤松)과 같아서 나무로 치면, 사철 푸르다느니보다 사철 어린애로 있다. 나는 동백나무의 나이를 요량할 수 없다.

나무의 나이를 묻는다는 것이 혹은 글자나 하는 사람의 쑥스런 언사이기도 하려니와 실상은 동백나무와 키가 나란한 은희(恩姬)가 올에 몇 살에 났는가를 이름보다도 먼저 알았다.

은희가 인제 네 살에 나고보면 동백나무도 키가 같다 할지라도 네 살에 났다고 하면 억울할 것이다. 혹은 곱절이거나 10년이 우일는지도 몰른다. 군가지가 붙는대로 가위로 가다듬고 보니 몸맵시가 어리어 은희와 같이 나무가 사철 어린아이로 있는 것이니, 은희가 옆에 서거나 앉거나 할 때 은희는 눈이 더욱 까만 꾀꼬리가 된다. 검은 창이 유난히도 검은 눈이 쌍거풀지고 속눈섭이 길다. 웃으면 입 갓이 따지어보면 정제(整齊)한 것이 어떻게 보면 야긋이 기웃해지며 눈자위는 조금 들어가는가 싶다. 쫑쫑 들어백힌 무슨 씨갑씨와 같은 이쪽마다 가장자리에 까무잡잡한 선이 인공적으로 돌린 것 같다. 어린 콧나루가 족 선 것이 벌써 서도여성(西道女性)으로서 조건이 선명한데 아직 혀를 완전히 조종할 줄 몰르는 사투리는 서도에서도 다시 사투리맛이 난다.

아무나 보고도 엡 할 까닭을 몰르는 권리를 가진 은희는 큰아바지 보고나 서울선생님을 보고나 자기의 친절(親切)이 즉시 시행되지 않는 경우에는 "그르카래는데 와 그네!" 하며 조그만 군조(軍曹)[328]처럼 질타한다. 째랑 째랑 산뜻 산뜻한 이 어린 군조한테 우리는 복종한다. 이른 아츰 자리에서 일기도 전에 은희가 가져오는 꽁꽁 얼은 사과를 명령적으로 먹게 되는 것이니 먹이고나선 "사과가 제 혼자 절루 얼었다"는 것이요 "서을은 가서 멀하갔네, 그림책 보구 여게서 살디" 하면 우리는 훨석 예전의 우리의 '교과서'를 펴고 일일히 경청해야 하며 그리고 대답해야 한다.

그리고 보니 동백나무는 역시 나이가 들어 보이는 것이 나이가 들지 않고서야 이렇게 검두룩 짙푸를 수야 없다.

은희가 노큰마니한테로, 중큰마니한테로, 큰아버지한테로, 서울선생님한테로 왔다갔다하며, 좋아라고 발하는 소리가 소프라노의 끝까지 올라간다.

동백나무도 보스락 보스락 거리는가 하면 창밖에는 며칠채 쌓인 눈 우에 다시 쌀알 눈이 내린다.

중큰마니가 둘리시는 몰렛소리에 우리는 은은한 먼 춘뢰(春雷)[329]를 듣는다. 우루룽 두루룽.

화문행각—3: 선천(3)

노른마니는 중큰마니의 친정오마니시요 중큰마니는 은희의 친큰마니가 되신다. 노른아바지도 중큰아바지도 예전 이야기에서나 있으신 듯이 은희는 몰른다. 노른마니 한 분은 피양서 사시다가 사리원 큰아바지한테 가서서 지나신다. 사리원 노른마니는 중큰마니의 시오마니가 되신다. 사리원에도 노른아바지도 중큰아바지도 아니 계신다. 이리하야 본가로나 진외가[330]로나 장증손(長曾孫) 은희는 사리원서 보아도 반작 반작하는 한 개 별이요 선천서 보아도 한 개 별로 반작 반작한다. 은희가 자기의 계보적 위치를 알기에는 산술 배우기보담 어렵겠으므로 나는 일부러 이렇게 수수께끼처럼 하여, 서울 선생님을 데불고 오신 서울 큰아바지는 은희의 아바지의 삼촌 자근아자씨가 되시고 사리원 큰아바지는 삼촌 둘째 아자씨가 되시는 것을 일러두고 그친다.

은희가 양력으로 네 살에 나니깐 음력으로 아직도 세 살이다. 그러나 음력설 때에는 양력설 때보다 더 자라 있을 것이다. 그렇게 보

면 이제부터 미구(未久)에 동백나무의 키를 지나고도 훨석 어른이
될 날도 볼 것이 아닌가. 식물에도 무슨 심리가 있다고 하는데 나는
동백나무가 어느 때 슬프고 않은 것을 관찰할 수가 없다. 혹은 외광
(外光)과 불빛의 관계겠지마는 동백나무가 그저 검풀어 암담(暗憺)
한 모습을 할 때와 잎새마다 반짝반짝하는 눈을 뜨듯이 생광(生光)
이 되는 적이 있는 것을 본다. 암담한 빛을 짓는 때는 우리는 심기가
완전히 쾌한 날이 아니기도 하야 은희의 현관 옆 양실(洋室)에 가서
난로에 통나무를 두드룩히 피우고 붉은 불빛에 얼굴을 달리우며 유
리창에 나리는 함박눈을 본다.

어느날 오후에 은희가 잠이 들었을 때 우리는 차를 타고 의주, 안
동을 지나 오룡배(五龍背)까지 갔다. 하로 후에 낙영(樂永) 군이 뒤
를 딸아와서 전하는 말이 은희가 잠을 깨고나선 우리가 없어진 것
을 발견하고 노발(怒發)하야 노큰마니한테 가서 울고 중큰마니한테
가서 울고, 달랠 도리가 없었더라는 것이다.

내 말이 맞었다. 선천서 신의주까지 낮에도 람프불을 켠 차실(車
室) 안에서 아무래도 은희가 잠이 깨서 몹시 울었으리라고 한 것이
맞었고 말었다.

국경 근처로 일주간이나 돌아다닐 제 우리는 노오 은희 말을 하
였다. 돌아오는 길에 선천에 다시 들린 것은 반드시 들려야 할 것은
아니었다.

현관까지 뛰어나오며 환호하는 은희는 뛰고 나는 것이 한 개의
난만(爛漫)한 조류가 아닐 수 없었다. 우리는 은희를 천정 반자까지

치어들어 올리었다.

　동백나무도 이 저녁에는 잎새마다 순이 트이고 불빛도 유난히 밝은데 우리들의 식탁은 잔치와 같이 즐거웠고 떠들썩하기까지 한 것이었다.

화문행각—4: 의주(1)

영하 25도 되는 날, 뻐스 안에서 발이 몹시 어는 것을 여간 동동거리는 것으로서 견딜 것이 아니었다. 뻐스에서 나리는 즉시 통군정(統軍亭) 언덕배기를 구보로 뛸 작정으로 한 시간 이상 발끝을 배빗 배빗 하노라니 이건 심술궂기가 시골당나귀로구나. 앞뒤 궁둥이가 모조리 뛰어 오르는가 하니 몸은 천정을 떠받고 찡그린다.

물건너서는 재채분한 산이랄 것도 없는 것들이 가로걸쳐 실상 만주벌판이 어떻다는 것을 몰르겠더니 신의주로부터 의주 가까이 오는 동안에 과연 대륙이라는 느낌이 답새온다. 끔직히도 넓다. 그러나 사하진(沙河鎭)서부터 오룡배(五龍背) 근처처럼 지긋지긋이 쓸쓸해 보이지 않는다.

조선 초갓집 지붕이 역시 정다운 것이 알어진다. 한데 옹기종기 마을을 이루어 사는 것이 암탉 둥저리처럼 다스운 것이 아닐까. 만주벌은 오리나 십리에 상여(喪輿)집 같은 것이 하나 있거나 말거나 하지 않었던가. 산도 조선 산이 곱다. 논이랑 밭두둑도 흙빛이 노르

끼하니 첫째 다사로운 맛이 돈다. 추위도 끝닿은 데 와서 다시 정이 드는 조선 추위다. 안면혈관이 바작바작 바스러질 듯한데도 하늘빛이 하도 고와 흰 옷고름 길게 날리며 펄펄 걷고 싶다.

우리가 노오 새옷 입고 싶은 것도 강 한 줄기로 사이를 갈러 산천 풍토가 이렇게도 달러지는 까닭에 있지 않을지.

발끝이 거진 마비되는가 할 때 머리는 잠간 졸을 수 있을만치 우리 여행은 그만치 짐 될 것이 없었던 것이다. 지난밤 물건너 신시가에서 글라스 폭격을 감행한 패기가 이제사 다소 피곤을 느낄 만할 때 우리는 흔들리며 뛰며 그리고도 닭처럼 졸아, 징징거리는 엔진 소리에 잠시 견딜 만하였던 것이다.

머리가 저으기 가쁜하여지는 것을 느끼며 남문(南門)을 들어서 낮웃낮웃한 기왓골이 이랑지에 흘르는 거리에 섰다.

단숨에 통군정에 올르자던 것이 낙영이가 앞을 서서, 의주약방(義州藥房) 집 빨갛게 익은 난로를 돌라앉아 발을 녹이던 것이었다.

주인집 '체네'[331]는 참 미소녀(美少女)라고 감탄한 것이, 낙영이 한훤(寒暄)[332]으로 소녀가 아니라 젊은 주부인 줄을 알았다.

주부는 바로 문을 닫고 들어가고 우리 몸은 충분히 더웠다. 나머지 시간이 바쁘게, 원 그렇게 어리어 보일 수가 있는가고, 길(吉)의 놀라함은 정식으로 발표되었다.

검정 두루막 입은 주인이 들어왔다. 인사도 채 마치기 전에 전화통에 붙어 서서 방에 불이나 따끈 따끈히 집혀놓고 그리고 어찌어찌 하라는 지휘인 모양인데, 일이 벌어지는 모양이로구나 하는 생각뿐으로서 나는 그저 잠잠하였다.

통군정에 길은 흥미를 갖지 아니한다. 멀리도 일부러 찾어와서 통군정에 올르기는 어서 나려가자고 재촉하기가 목적이었던지 나야 그럴 수가 없었고 또한 관찰한 바가 비범한 바가 없지도 않었으나 구연성(九連城) 넘어 달어오는 설한풍(雪寒風)을 꾸짖어 가며 술양(述壤)하기에는 코가 부어지는 것이요 단작스런 글씨쪽들이 실상은 낙서감어리도 못 되는 것을 업수히 여기고 나려왔으나 지나대륙(支那大陸)에 향하야 구멍을 빠꼼히 뚫어놓고 심장이 그다지 놓이지 못하였던 서문(西門)을 활 한바탕쯤 되는 거리에 두고 아니 보고 온 것을 이제 섭섭히 여긴다.

화문행각—5: 의주(2)

"오호, 끔즉이 춥수다이!" 하며 들어서는 아이의 이름이 추월(秋月)이라는 것을 알았다. 귀가 유난히 얼어 붉었는데 귀뿔이 홍창 익은 앵도(櫻桃)[333]처럼 호프라져 안에서부터 터질까 싶다. 그림이나 글씨 한 점 없는 백노지[334]로 하이얗게 발른 이 방 안에 추월이는 이제 그림처럼 앉았고 그리고 수집다.

술이 언 몸을 골고로 돌아가기에 얼마쯤 시간이 걸리는 것이었든지 아직도 잔이 오고가기에 저윽이 뻐근한 의무같은 것을 느낄 뿐이요, 농담이라거나 우스개가 잔뜩 호의를 갖추고 팽창할 따름으로 활시위에서 활이 나가기 전 상태에서 잔뜩 겨누고 있을 때

"추월아, 넌 고향이 어디냐?"

"넝미(嶺義)웨다."

"언제 여기 왔어?"

"칠월에 왔시요."

칠월에 온 추월이는 방이 더워옴을 따라 귀뿔이 녹아 만지기에

따근따근하나 빛갈이 눈 우에 걸어온 고대로 고은 것이 가시고 말았다.

"추월아 너 밖에 나가서 다시 얼어 오렴아."

추월이가 웃는 외에 달리 무슨 말이 없었을 때 차차 웃음소리가 이야기를 가져오고 화선(花仙)이마자 추위를 부르짖으며 들어와 예(禮)하며 앉는다.

의주약방(義州藥房) 주인 김(金)군이 검정 두루막을 벗어 화선이가 일어나 걸었다. 김이 서리고 훈기가 돌고 방이 차츰 따근따근하여질 때 들어오는 병 수가 점점 늘어간다. 아까 길(吉)의 명함이 나가는가 하였더니 '유도 4단'이 자(字)처럼 불리어지는 최(崔)군과 나이 삼십에 웃으면 여태껏 볼이 옴식옴식 패이는 얼골이 여자보다도 흰 장(張)군이 들어온다. 한훤(寒喧)[335]과 폭소가 어울리어 갑자기 자리가 흥성스러워지자 종시 시침이를 떼고 앉았던 길(吉)이 사동을 시키어 미리 사 두었던 신의주까지 당일행 자동차표를 물러보기로 한다.

순배가 한 곳으로 몰린다. 화선이의 말문이 열리기 위하야 우리는 수종을 들어야 한다. 길의 스케치북이 화선이 손에 옮기어 갔을 때 화선이는 첫 장부터 끝까지 열심스럽다. 물건너 왕리메(王麗妹)를 그린 여러 폭의 크로키가 펼쳐진다.

"화선이 말줌 하라우 애!"

"아니 데센상님 이거 하고 삼네까?"

길이 일탄(一彈)을 받고 어깨를 흔들며 웃었다.

"이거 하고 살다니?"

선이가 저윽이 당황하여졌는가 하였을 때 뺨이 붉어지기 전에 웃음이 얼굴을 흩으리며

"내레 언제 그랬읍네까? 센상님 직업이 무어시관? 그르는 말입습디예!"

화선이가 도사리고 앉음앉음새가 새매와 같았던 것이 빨리도 완화(緩和)되자 김군의 교묘한 사식(司式)³³⁶으로 주기(酒氣)가 바야흐로 난만(爛漫)에 들어간다.

짠디에 분디를 싸서 먹는 맛을 추월이가 아르켜 주었다.

분디는 파릇한 열매가 좁쌀알만할까 한 것이 아릿하기도 하고 맵사하기도 하야 싸늘한 향취가 아금니를 지나 코로 돌아나올 때 창밖에 찢는 듯한 바람소리의 탓일지 치운 듯 슬픈 듯한 향수와 같은 것까지 느끼는 것이었다. 감상(感傷)이라는 것이 무형(無形)한 것이기에 어느 때 어느 모양으로 엄습하여 오는 것일지 보증할 바이 아니겠으나 혹은 내가 한데 몰리어 오는 잔을 좌우수(左右手)에 받치어 들고 울름하고도 즐거운 것이 아닐 수도 없다.

"개뿔다귀 개저오라구 그래라 얘!"

"한마디 듣잣구나 얘!"

서창(西窓) 미닫이 유리쪽에 성애가 남저지 햇살을 받어 처참(悽慘)하기까지 하고 옆에 붙은 국엽(菊葉)은 투명하도록 파릇한 빛이 살어오른다. 장고(長鼓)를 '개뿔다귀'라고 치며 기개(氣慨)를 돕기에는 아직도 일다.

153

자리를 옮기기로 하야 골목길을 걸어 마을 가듯 할 수 있는 것이 즐거웁다. 이제는 추위를 대수롭게 여기지 않을만치 되었고, 서로 스서러워 아니하여도 좋게 되었다. 스서러울 것이 없을만치 되기까지가 실상은 그다지 많은 시간이 걸리는 것이 아닌 것이 우리 틈에 걷는 화선이는 망내누이처럼 수선을 떨기 시작하기가 어렵지 않았다. 입으로 왕성한 흰 증기를 뿜을 수 있는 남어지에 점점 "오오! 치워!"할 뿐이지 소한 바람에도 뺨을 돌려대기가 그다지 싫지 않다. 그러고 눈 위에 다시 달을 밟으며 이야기소리는 낭랑히 골목 밤을 울리며 간다. 시골 대문이란 잘 때 닫는 것이라 무심코 눈을 돌리어도 길 옆집 안방 건너방 영창[337]에 물들은 불빛을 볼 수 있다. 우리에게 훨석 익은 생활이 국경 거리에서 새삼스럽게 정답게 기웃거려지기도 하는 것이다. 기왓골 아래 풋되지 않은 전통을 가진 의주 살림사리에 알고 가고 싶은 것이 많다. 우리 총중[338]에서 익살을 깨트려 컹! 컹! 왕왕 짖는 소리를 흉내내어 동넷집 개를 울리게 하량이면 미닫이를 방싯 열고 의아(疑訝)[339]하는 남어지에 의거리 장농에 호장저고리에 남치마 태(態)를 눈도적 맞은 이도 있고 우리가 끄는 신소리가 나막신 소리처럼 시끄럽기까지 하다.

들어가 앉고 보면 요정(料亭)[340]이 아니라 일러도 좋은 안방 아니면 건넌방 같은 방 아루간이 짤짤 끓른다. 우리는 깡그리 보료 밑에 손을 묻고 뺨을 녹이고 궁둥이를 도사리고 추위를 과장(誇張)한다. 영산홍(映山紅)이 어느 쨕에 왔댓는지 의주 밤이 점점 행복스러워 간다. 꼰[341]에 뽑혀 오지도 않고 뽑혀 갈 배도 없이 우리는 오보롯이 조찰히 놀 수 있는 것이다. 영산홍이가 미리 '푸로'[342]를 만들었음인지 화선이보고 무에라고 눈짓을 찌긋찌긋 하더니 일동일정(一動一靜)이 유창하게 진행된다.

일국지명산(一國之名山)으로 풍덕새가 날라들어 우노라 경술년(庚戌年) 풍년이 대대로 감돌아든다.

화선이가 장고를 안고,

"말은 가자고 네 굽을 치는데 님은 부여잡고 낙루(落淚)만 한다."

영산홍이가 가두(歌頭)를 번갈어 바꾼다.

"밤이면 달이 밝고 낮이면 물이 맑고 산아 산아 수양산아 눈이 왔다 백두산아—"

의주 산타령이란 전에 들었던상 싶지 않은 유장하고 유쾌한 노래
다. 나는 자못 감개(感慨)가 깊어간다. 통군정(統軍亭)³⁴³서 바라보
이던 구련성(九連城)³⁴⁴ 뭇봉우리가 절로 올라갔다 나려왔다 다시
우줄우줄 걸어온다. 야작(夜酌)이 난무순(亂無順)으로 순배가 심히
빈번하다. 영산홍이의 쾌변(快辯)이 난만하여질 때 우리는 서울말
씨가 의외에 빳빳하여 혀가 아니 도는 것이 알어진다.

"아이구 데센상님 말씀이 다 팔아오는구만."

"말줌 하시래이에! 조상님들이 말슴을 하시다가 돌아가선난디
와 말삼이 없읍네까?"

담론풍발(談論風發)³⁴⁵이 잠간 절심이 되면(연발하던 총(銃)불이
별안간 멈추는 것) 다시 잔이 오고 가고 잔이 멈칫하면 개뿔따귀가
운다. '서도팔경(西道八景)'에 '의주(義州)경발림'이 연달어 나온
다. 영산홍이가 일어섰다. 화선이가 장고를 메고 따라 선다. '유도4
단'이 일어섰다. '개량집사(改良執事)'의 별명을 듣는 장(張)군
앉어서 꼼작 않고 배길 때 저고리빛이 연두빛에 가깝다. 읍회의원
(邑會議員) 김(金)군은 끝까지 익살스러운 사식(司式)으로 유흥을
진행시킨다. 놀량³⁴⁶ 한 고비가 본때있게 넘어갈 때 영산홍이의 조
옥 서서 내려간 치마폭이 보선을 감추고도 춤이 열리고 화선이 장
고채가 화선이를 끌고 돌린다. 다시 앉어서 견딜 때 홍분과 홍조(紅
潮)로 담긴 채 그대로 식은 찬 잔을 기울린다. 요구(要求)가 질서를

잃어도 분수가 있지 장타령을 청하는가 하면 장님 독경에 염불까지 합청(合請)한다.

"얘! 일전짜리 엿가래 꼬듯한다. 흔한 솜씨에 한마디 하라우 얘!"

"아-, 너 용하다 용하다 하면 황퉁이 벌레 집어먹까쉬꽈?"

실상 조금도 사양하지 않고 고대로 일일이 실행된다. 이래서 영산홍이 화선이는 수탄 화녕 받는[347] 의주 색시로 이름이 높다.

"잡수시라우예! 좀더 잡수시래예!"

밤늦어 들어온 장국에 다시 의주의 풍미를 느끼며 수백년 두고 국경을 수금(守禁)하기는 오직 풍류와 전통을 옹위(擁圍)하기 위함이나 아니었던지…. 멀리 의주에 와서 훨석 '이조적(李朝的)'인 것에 감상(感傷)하며….

화문행각—7: 평양(1)

평양에 나린 이후로는 내가 완전히 길(吉)을 따른다. 따른다기 보담은 나를 일임해 버린다. 잘도 끌리어 돌아다닌다.

무슨 골목인지 무슨 동네인지 채 알아볼 여유도 없이 걷는다. 수태 만난 사람과 소개인사도 하나 걸르지 않았지마는 결국은 모두 모르는 사람이 되고 만다. 누구네집 안방 같은 방 아루깐 보료 밑에 발을 잠시 녹혔는가 하면, 국수집 이층에 앉기도 하고, 낳고 자라고 살고 마침내 쫓기어난 동네라고 찾아가서는 소낙비 피해 나가는 솔개처럼 휘이 돌아오기도 하고, 대동문(大同門)턱까지 무슨 기대나 가진 사람같이 와락와락 걸어갔다가는 발도 멈추지 않고 홱 돌아서 온다. 담배 가게에 가서 담배를 사고, 우표집에 가서 우표를 사고, 백화점에 가서 쓸데없는 것을 사 들어 짐을 삼고, 누구네 집 상점 이층에 몬지에 켜켜싸인 제전(帝展)에 파스했던 〈모자(母子)〉라는 유화와 그리다가 마치지 못하고 이여 돌아가신 아버지의 초상화와 그의 대폭, 소폭의 사오 점을 끄내어 보고서는 다시 단속할 의사도 없

158

이 나오고 만다. 어떤 다방에 들러서는 정면에 걸린 졸업기(卒業期) 제작 일 점이 자기의 승낙도 없이 걸린 이유와 경로를 추궁하는 나머지에 카운터에 선 흰 쓰메에리[348] 입은 청년과 다소 기분이 좋지 않어 나오기도 한다.

청류벽(淸流壁) 길기도 한 벼랑이 눈 녹은 진흙을 가리지도 않고 밟을 적에 허리가 가늘어지도록 실컨 감상(感傷)한다. 감상에 내가 즉시 감염(感染)한다. 오줌도 한데 서서 눈다. 대동강 얼지 않은 군데군데에 오리 목아지처럼 파아란 물이 옴찍않고 쪼개져 있다. 집도 친척도 없어진 벗의 고향이 이렇게 고운 페양[349]인 것을 나는 부러워한다.

부벽루(浮碧樓)로 을밀대(乙密臺)로 바람을 귀에 왱왱 걸고 휘젓고 돌아와서는 추레해 가지고 기대어 앉는 집이 '라 보엠(La Bohem)'.

이 집에다 가방이며 화구며 구치않으면 외투까지 맡기고 나간다. 나는 이 집이 좋다. 하로에 열 번 들렌다. 카피를 나수어 올 때마다 체네가 잔과 잔받침과 다시(茶匙)[350]를 먼저 얌전스레도 가져다 소리 없이 놓고 다시 돌아가 얼마쯤 조용한 시간이 흘러도 좋다. 말이라는 것이 조끔도 필요치 않을 적이 많다. 남의 얼굴이란 바라보기가 이렇게 염치없이 즐거운 것을 깨닫는다. 체네만이 고운 것이 아니라 서령 데켄[351]에 억둑억둑한 중년남자가 버테고 않었다 손 칠지라도 조금도 싫지 않거니와 그의 얼굴에 미묘한 정서의 광맥을 찾으며 다시 고요히 흐르는 음악에 맞추어 연락(聯絡) 없는 애정까지도 느낀다. 그야 젊은 사람이 더 좋아뵈고 청년보다도 체네가 사랑스럽기까지 한 것이 자연(自然)한 경향이겠으나, 우리는 서로 이 얼골로 저 얼골로 옮기어 한 곳에 집중할 수 없는 것이기도 하여서 실상은 대화를 바꿀 거리도 없는 것이요, 따라서 음악은 참참히 자꾸 바뀌는 것이다.

차가 큰 그릇에 담기어 와서 공순히 딸리울 때 실낱같은 흰 김이 떠오르는 향취로 벌써 알아지는 것이 있다. 나그네 길에 나서서 자조 무슨 인스피레이션에 접촉한다. 느긋한 피로에 졸림과 같은 것을 느낄 때 난로 안의 석탄불은 바야흐로 만개한다. 문득 도어를 밀고 들어서는 이의 안경이 보이얗게 흐리어지자 이것을 닦고 수습하노라고 어릿어릿하는 것을, 우리는 우정 잠자코 반가운 인사를 아끼다가 이어 자리를 찾노라고 머리를 둘르며 가까이 오는 것을 기달려 손을 꼬옥 부여잡어본다. 놀라워하고 반가워하야 마지않는 것을 보고나서야 우리는 만족한다. 후리후리 큰 키에 수척하고 흰 얼굴에 강렬한 선을 갖춘 마스터까지 우리 자리에 와서 함께 앉어 경의(敬意)를 갖는다.

이 얘기 저 얘기 앨랜덤[352]한 것이 즐거웁고 흥분까지 한다.

길(吉)의 어느 시대의 생활과 슬픔이었던 것이라는 그림 아래 우산(牛山)[353]의 〈석류〉가 걸려 있다. 정물(靜物)이라는 것을 Still Life, '고요한 생명'이라고 하는 외어(外語)는 얼마나 고운 말인 것을 느낀다.

슈르 레알리스트 김환기(金煥基)[354]의 '여름'이라는 그림이 얼마나 직재(直裁)하게 이해할 수 있는 것이 다시 알아진다. 멀리 와서 친한 벗의 그림이 더 반갑다.

모딜리아니 화집을 어떻게 구하여온 것을 마스터한테 물어보며 가지고 싶기까지 한 것을 느낀다. 목아지마다 가늘고 기이다랗고, 육체를 그리기 위한 것이 아니요 육체 안에 담긴 슬프고 어여뿐 것을 시(詩)하기 위하야 동양화처럼 일부러 얼골도 가슴도 손도 나압작하게 하고도 유순하게도 서양적 Pathetics[355]에 정진하다가 미완성으로 마친 모딜리아니 그림에 나는 애연히 서럽다. 다시 일어나 우리는 바깥 추위와 붉은 거리의 등불이 그리워 한 쌍 흑아(黑蛾)[356]처럼 날러 나간다.

화문행각—8: 평양(2)

몇 해 만에 만나는 친구 사이일지라도 폐양 사람들은 다른 도시 사람들처럼 손을 잡고 흔들며 수선스럽게 표정적(表情的)이 아니어도 무관하다. 양위(兩位)분[357] 기후안녕(氣候安寧)하시냐든가 아기들 잘 자라느냐든가 물음즉도 한 일이요 아니 물어도 실상 진정(眞情)이 없는 것도 아닌 바에야 서울 (이남) 사람들은 한 가지 빠칠세라 모조리 늘어놓는 것이요 폐양 사람들은 그저 "원제 왔댓소?" 정도로 그친다. 수년 만에 서로 만난 처소가 조용한 다방 한 구석에서라도 벽오동 중허리 툭 쳐서 서로 마조 세운 생목(生木)처럼 담차고 싱싱하게 대하고 앉는다. 저 사람이 어쩌다 사관학교에 갈 연령을 놓치고 말았을까 아깝게 생각되는, 만나는 사람마다 군인처럼 말이 적다. 말이 청산유수같다는 말은 폐양 사람한테 맞지 않는다. 원래 말을 꾸밀만한 수사(修辭)를 갖지 않았다. 말소리가 대체로 큰 편은 아니요 다자(字) 줄에 나오는 어음(語音)을 다분히 차지한 언어가 공기를 베히며 나갈 제 쉿 쉿 하는 마찰음이 섞인다. Intonation의

구조는 실상 순수한 서울말과 같이 되어서 싹싹하고 칠칠한 맛이, 더욱이 여성의 말은 라텐 계통의 언어처럼 리드미컬하다. 흐느적거리고 끈적거리는 것이 도모지 없다. 페양 여성은 어디나 다를 것 없이 다변인 편이겠으나 수다스럽지 않고, 페양 남자의 뜸직한 과묵(寡默)은 도로혀 과분히 직정적(直情的)인 것을 속으로 견디는 것을 볼 수 있다. 단적(端的)이요 휴지부(休止符)[358]가 많이 끼이는 설화(說話)에도 소박한 인정이 얼마든지 무르녹을 수 있다. 여자는 모조리 흰 편이겠으나 남자는 거의 검은 얼굴에 강경한 선이 빛나고, 서령 그 사람이 T.B.[359] 3기에 들었을지라도 완전히 속초[360]가 되지 않고 아직도 표한(驃悍)[361]한 눈매를 으스러트리지 아니한다. 원래 나가서 맞고 들어와서도 "그 색기 한 대 답새 줄랬다가 그만뒀됐다"는 것이 이곳 사람들의 기질이 되어서 오해도 화해도 심히 빠를까 한다.

적은 사람이 큰 자를 받어 쓰러트리고 약한 놈이 센 놈을 차서 달싹 못하게 만드는 것이 페양식 쌈일까 하는데 페양 사람이라도 쌈패는 따로 있는 것이지 점잖한 사람이 그럴 수야 있을까마는, 대체로 대동강 줄기를 타고 올르고 나리는 연안(沿岸)에 난 사람들이 미인과 굳센 남자가 많고 평양에 와서 더욱 특색이 집중된다. 여하간 십년 친한 친구의 귓쌈을 갈긴다닌깐! 그것이 다음날은 썻은 듯 잊고 소주에 불고기를 나누어 먹는다니 명쾌한 노릇이다.

그러나 시대와 비애의 음영(陰影)이 그들의 영맹(獰猛)[362]한 안면 근육에서도 가실 날이 없는 것도 사실이다. 문약(文弱)의 퇴색(褪

色)한 빛을 갖지 않을 뿐이다. 멋 부리는 것과 '노적' 대는 것을 평양 사람들은 싫어한다. '멋' 이라는 것이 실상은 호남에서도 다시 남쪽 해변 가까이 가객과 기생을 중심으로 한 사회에서 발전된 것이 아닐까 한다. 그림, 글씨와 시(詩)와 문(文)에서 보는 것은 그것이 멋이 아니라 운치(韻致)다. 멋은 아무래도 광대와 명창에서 물들어 온 것이 아닐까 하는데 남도 소리의 흐르는 멋이 수심가(愁心歌)에는 없을까 한다. 그러나 남도 소리라는 것이 봉건 지배계급을 즐겁게 하기 위함이라든지 아첨하기 위하야 발달된 일면이 있는 것을 부정할 수 없는 것이라면 어떨지! 결국 음악적 원리에서 출발한 것이 둘이 다 못 될 바에야 수심가는 순연히 백성 사이에서 자연발생으로 된 토속적 가요라고 볼 수밖에 없을까 한다. 단순하고 소박한 리듬에서 툭툭 불거져 나둥그는 비애가 어딘지 남도 소리에서보다도 훨석 근대적인 것이기도 하다. 살얼음 아래 잉어처럼 소곳하고 혹은 바람에 향한 새매처럼 도사리고 불르는 토산기생(土産妓生)의 수심가는 서울서 듣던 것과도 달르다. 기생도 호흡이 강경(強硬)하야 손님이 몇 번 권하는 술이 사양하기 세 번이 되고 보면 "정말 단둘이 하자오?" 등의 선뜻한 태도가 그것이 실상 이제부텀 친하여 보자는 뜻이라는 것이라고 한다. 잔이 오고 가는 것이 야구(野球)와 같다. 서울서 같이 어느 한 기생이 좌석을 독재한다든지 한 아이 옆에서 다른 아이가 이울어 피지 않는다는 것이 없다. 포동 포동 핑핑 소리가 나도록 서로 즐겨 논다. 혹시 기분을 상해 자리에 남을 맛이 없으량이면 빨근 일어서 피잉 나가는 것이다. 그렇다고 평양 남자

164

가 당황해서 붙들고 말릴 리도 없다. 서울 손님이란 이런 때 일어서서 "애! 유감(有甘)아 너 날과도 친하잣구나야!" 하며 어깨를 안어 발을 가벼이 차서 앉치면 페양 여자도 여자이기에 대동강 봄버들처럼 능청한 데도 있다. 새매는 새매라도 길이 들은 새매라 머리와 깃을 쓰다듬어 주고보면 다소곳이 맡기고 의지한다.

화문행각—9: 평양(3)

"선네-에!"

　"선네-있소오?"

　"거 누구요?"

　"나야-"

　"길아재씨요?"

　"응 나야-"

　"애개개-길아재씨!"

　"들어오라우요!"

　포둥포둥 살진 노랑닭 몇 마리 발을 매인 채 모이 없는 토방 밑에 거닐고 있다. 햇살을 함폭 받아 낮모를 손님을 피하지 않는다.

　가늘다란 겹살 미닫이를 열고 들어서기 스서럽지 않다.

　풀끼 없는 남치마에 쪼그러트리고 앉아 뒤로 마므짓 마므짓 물러나가며

　"언제 왔소오?"

"발세 왔는데."

"그르믄서두 우리집에 안 왔소오?"

"욜루루 내레안즈라우요."

"괜찮아 괜찮아 그까짓거."

남빛 모본단 보료 깔은 아루간에 외투도 아직 입은 채 앉어 눈이 의거리, 장농, 체경, 사진, 경대, 화병, 불란서 인형 걸린 입성을 돌아본다.

머릿맡 병풍쪽 그림은 당사주책(唐四柱册)³⁶³에 나오는 인물들 같이 고와도 좋다. 웃간 미닫이 손 쥐는 데는 박쥐를 네 귀에 올려 붙이어 햇볕을 받고 아루간 미닫이에는 부지 쪽 안의 국엽(菊葉)이 파릇이 얼었다.

"이재 덕수씨 만내구 왔디?"

"구름! 상이 시뻘겋드구만 어젯밤 어데서 한 잔 했는디—"

"아재씨두! 어젯밤 나하고 놀았는데!"

"흥, 잘됐구만!"

"우리는 괘니 와서 놀디두 못하구 가는 사람인데."

"길아재씨두 그름네까?"

"사실은 어젯밤 내가 실수할 번 했는데…참 곱던데!"

"아이고 아재씨 멀 그래요—발세 내가 다 아는데!"

"알기는 멀 알아?"

"정화가 아재씰 퍽 도하하던데요 멀 그래!"

"다아들 동무들 안 오나."

"아니야—이제 올게디."

"오랄까?"

"그만두라우."

머리를 고쳐 빗기 위한 앉음새 뒤태도를 아재씨는 오롯이 차지할 수 있고, 경대 안에는 얼골끼리 따로 포갤 수밖에 없다.

살그먼히 훔치듯하야 밋그럽게 나가는 연필(鉛筆)축에 머리 빗는 뒷몸매가 목탄지(木炭紙)[364]에 옮겨 놓일 때 선네는 목이 간지럽기도 하다.

"어데 나좀!"

"가만 이서!"

"날래 그리라우?"

"또 어러카라오."

"잉! 됐서."

머리카락이 까아만 명주실 같이 보드랍게, '기사미' 담배 말리듯 쪽이 가볍게 말린다. 솔잎 같은 핀이 한 줌이 든다.

"아재씨 그것 좀 주시라요."

"조코레또 하나 잡서 보세유."

"나 서울말세 쓰갓다."

"나 참 다라시가 없어[365] 요즘은."

"그게 돈 게야 다라시가 없어야 도티."

"그를가?"

"기침 나는데 오사께만 먹구!"

168

"선네는 페양 껭구단장(團長)이야!"

"흠, 졸병!"

"페양은 여자들두 떠받습니까아?"

"녀자는 못떠받아요."

"덤심 잡샀소오?"

"이쟈 먹었어."

"정말 잡샀소오?"

연상 머리를 요리 돌리고 조리 돌리고, 색경을 들어 뒤로 돌려 비추우고, 경대 안에서 옳다고 하도록 기달려 쪽맵시 이마태가 솟아 오른듯 마치자마자 돌아앉기가 급하게 크로키에 손이 걸어오며

"아재씨 이거 하나 안 된 거 있쉐다."

"그렇게 앉았으니까 그렇디."

"이거 얼간이야!"

툭 친다.

"그래두 아재씨 술술 그레—"

스케치북 페이지가 넘어가며

"이거 어디요?"

"금강산이야."

"금강산 난 못 가봐서 몰라."

"참 정벌거 다 있구나!"

"이거 누군디 참 몸매 곱다."

"가야 하지 않겠소? 그만 실례하지 첨 와서 미안하지 않소오?

길?"

"아이구 왜 이래요. 좀더 놀다가소 고레."

회색 바탕에 가느다란 붉은 선이 섞인 목도리가 볼모(質)로 선네 목으로 빼앗기듯이 옮겨가며 우리는 일어서며 의례 하는 수인사보다는 훨석 섬세하고 혹은 서울서도 몰랐던 수집기까지 한 것이었을지 모른다.

"아재씨 언제 오갔소?"

"인쟈 안 오가서, 망맞어서!"

"아재씨 안동 갔다 오는 길에 이 목덴 날 주구 가라우, 잉!"

간엷힌 흰 목에 다시 가벼히 졸라매이듯 안기듯 하는 회색 바탕에 붉은 선 목도리가 밉지 않은 체온에 넉넉히 붙들려 다시 옮기어 올 때, 토방 아래 닭들은 제대로 옮긴 볕을 찾어 자리를 옮기었다.

스팀은 우덩[366] 손으로 만져 봐서 역시 찬 줄을 알았다. 그러나 이 방안 보온상태에 불평을 말할 만한 거리가 하나두 없다. 외풍이란 우리집에서만 겪는 것이었던가. 침대 위에 눈같이 흰 시이트래던디 그 우에 낙타털 케트[367]래던디, 그 우에 하부다이[368] 천의래던디, 그리구 속옷을 빨어 대려 안을 바테논 도데라[369] 잠옷과 폭신한 이중 벼개, 내가 집을 떠나와서 있을 수 있는 사치임에 틀림없다.

그 외에 조꼬만 테이불이 둘이 있어 동그란 것에는 물병과 컵에 재터리가 준비돼 있구 네모난 테이불에는 편지지 봉투까지 맘대로 쓰게 됐구, 이켄 데켄 바꿔 앉을 만한 적은 소파가 서이가 뇌이구, 세수하는 데는 찬물 더운물 고루레이 나오게 디구, 양복장이 없잖나, 양복장 셕경 안에 다시 폐정(閉靜)하게 들어앉은 이 방안의 장식과 풍경이 내가 조꼼두 서툴게 굴디 않어도 좋다는 거들 은근스레이 표정(表情)하는 거디 아닌가. 기온이 얼마나 피부에 알맞어야만 하는 거디냐구 공기가 온화롭게 속살거리구 있는 거디 아닌가.

스팀이 활활 달았으믄⋯난로 갔구만 생각되는 것은 죄꼼도 한기에 관련된 거디 아니라, 이런 거디 거처가 갑째기 달라딤에 따르는 '여수(旅愁)'의 시초가 아닐디.

뽀오이가 "손님, 물이 준비됐읍네다. 목욕하시디요"라고 그르는 거디구 보믄 가뜬한 잠옷바람에 내가 얼마나 호텔에 닉속한 드디 슬리퍼를 끌구 나가서 몸을 몇 분 동안 훈훈이 당그구 나와선 몇 번 비비는 정도루 그틸디래두 훨씬 심기가 침착해딜 거딜 걸 "어저께, 서울서 하구 와서 안 하갔오" 했다. 뽀오이가 제가 손님을 서툴게 대접할 배야 죄꼼도 없디마는 나두 도회인의 교양으루서 자지라질 드디 수집어디구 어색하구 초조까지 느끼어디는 거든 이유가 선명한 윤곽을 가질 수 없다.

어떻든 길(吉)이 어서 냉큼 돌아와야 하갔다. '노조미'로 오기로 한 거들 댐차 '대륙'[370]으로 온 것과 전보 틸 걸 안 틴 거이 호텔 이층에서 내가 이렇게 서글프고 쓸쓸히 겐디야만 된 것이다.

길이 필연 역에서 아니오는 거라구 단념하구 그 길루 다시 몇이 어울리어 취하게 될 거딤에 틀림없음을 내가 짐작한다. 그리구 나선 저으기 마음이 추근해지기도 하야 스탠드에 불을 냉기구 쉔데리아는 끄구 이내 잠이 들기에 힘이 아니 들었던 모양이다.

길이 내가 누운 침대에 걸테앉아 꿈에서 같이 웃는 거디었다. 나는 펀뜻! 반가웠다.

불빛에 보아 밉디 않은 취안(醉顔)이었다. 선교리역(船橋里驛)[371]으루 평양역으루 급행차마다 뒤디기에 택시값만 6원이나 없앴누라구 한다. "날과 동생과 같이 디내던 이"라는 이와 나이는 어리나 이곳서 상당히 이름이 높은 아이까지 대빌구 나갔댔노라구 한다. 나는 지금이 몇 시냐구 묻구 나서, 새로 두시라는 것을 알구 다시 그애가 이름이 무어디드냐구까지 묻기를 주저티 않았다.

"맛정자(字) 정화(正花)."

"성은?"

"윤(尹)."

윤정화, 윤정화, 발음연습하듯 하는 발음을 두어 번 한 것을 내가 스스로 깨달았다. 구태여 고맙기도 한 너긋한 즐거움을 아니라구 해야 할 까닭두 없었다.

이전 그만 자자구 하구 나서 다시 담배를 피기를 한두 개 했을 것이리라.

"이전 그만 자라우―"

"그래 가서 자소."

또아를 잡구 돌아세서 나가믄서 전에 없이 경쾌히

"꾿 나읻!"

"꾿 나읻!"

나는 다시 자기루 하는 자세를 가질 때 기관차들이 늦은 밤중에 무슨 연습을 하는디 종작없이 뚜우 뚜우 한다.

◇

나야 선잠을 잤다구 할 거이 없었다. 잘만침 잔 것에 틀림없는 거디, 어저께 차에서 몇 시간 뵈줍은 자리에 쪼그라티구 겐디누라구 어깨가 뻐근한 듯하던 거디 아주 풀렸구 심기도 저으기 쾌하다. 아래서 호텔의 아침살림사리다운 셀레는 소리가 일구, 이중 유리창 또루루 말레 올리는 커어틴은 아즉 볕은 아니라두 십분 허애온다. 일어나 잠옷바람으루 이전 활작 달어 있는 스팀 옆에서 그림엽서를 별로 긴치 않은 데까지 몇 당 쓰구 그 길루 탕에 가서 실컨 더운물에 몸을 감구 철버덕거리기까지 하구나서두 관후리(館後里) 성당 야들 시 반 미사를 댈 만하얐던 거디다. 전차를 바꿔타는 걷이라던가 골목쨍이 찾어 돌아가는 거디야 서울과 다를 게 없었다. 미사 후에는 한 번 걸어 돌아올 만하니 아침공기가 도았댔다. 전신주 밑에 자유노동자(自由勞動者)[372]들이 몰레 앉구 세구, 벌써부텀 억센 폐양말세가 와작하다. 허이얀 수건을 잘끈 머리에 동제 매구 바구니 들구 나선 부인네며, 양털루 갓을 선두른 조께터럼 된 등거리[373]에 반듯한 은단추 우아레 넝긴 젊은 색시들의 입성[374] 빛갈이 남빛 자디빛 아니믄 노랗기두 하구 그렇디 않으믄 우아래가 하이얗다.

소에, 달구지에, 전차에, 뻐스에 교통이 대도시 걑다. 아스팔트가 우드럭 두드럭 요철(凹凸)이 나구, 말똥 소똥이 지저분히 서리와 얼어 붙구, 거리 구획이 꾸불게 혹은 엇비스디 언덕데 올라가구 내레가구 한 게 도로혀 지방도시 걑에서 도타.

말세[375] 말이 났댔으니 말이디 폐양 사람들은 말의 말세에 섰, 데, 테, 리끼니, 자오, 라오, 뜨랬는데, 깐, 글란 등등의 소리루만 들리는 것은 아무래두 내 귀가 서툴러서 그를디, 예사 할 말에두 몹시 싸우듯하며 여차하믄 귓쌈 한 대, 썅, 새끼, 치, 답째 등의 말이 성급하게 나오는 것은 혹은 내가 너무 과장하여 하는 말이 아닐디두 모르겄으나 여하간 부녀자들두 초매[376] 끝에 쉇소리가 난다는 말이 있디만 싱싱하구 씩씩하기가 차라리 구주(歐洲) 여자 같은 데가 있다. 수옥여관(水玉旅館)인가 하는 데를 디내누라니까 어떤 아이 업은 소녀가 디내가다가 닫자곧자 포대기를 풀어 헤티자 어린애를 뒤집어 바꿔업어 자끈 동여매는 거던데, 얘가 왜 이를까 하는 의아(疑訝)에, 어린아이가 거여말루 불뎅이터럼 성이 나서 시양털[377]을 뚫으는 소리루 우는 것을 발견했다. 등에다가 등을 결박을 당한 거터럼 어린 두 주먹을 바르르 떨며 가므라틸드디 울며 매달레 가는 거다. 대개 머리를 쥐뜯구 보채기에 그렇가는 모양인데 어린아이에 대한 소녀의 제재(制裁)루는 우습기도 하려니와 혹독하기두 하다. 기후가 아무리 변칙(變則)의 것이라 할지래두 폐양쯤 와서, 더군다나 이른 아침이구 보니까 귀끝 손끝이 아릴 정도의 추위다. 소녀는 다시 타협할 여지가 없다는드디 홱 달아나기에 애 애 불러서 어린애기를 그르능거이 아니라구 타일를 짬두 주디 않었다.

신사 하나를 만나서 나는 우덩 "텰도호텔[378]을 어드메루 해 갑네까?" 묻는다는 거디 호텔의 호가 왜 그른디 회루 발음되는 걸 어드칼 수 없는 것을 스스루 발견했다. 한번 "텰도회텔이요, 텰도회텔 말슴이야요" 거듭하누래니 그 이는 침착한 표준발음으루 철도호텔의 방향을 대주었다. 아무래두 내가 폐양말루, 그가 경언(京言)으루, 우리가 노상에서 잠시 타협하였던 거디라구 해석된다.

길(吉)은 여지껏, 잠은 깬 모양인데 딩글 딩글 굴구 있었다. 길이

175

자구난 10호실 방 동향창(東向窓)을 내가 활활 열어제꼈다.

하늘 살결이 푸르구 고와두 이를 수가 있잤나 하구 나의 감탄은 절루 청명(淸明)하였다. 성내(城內) 일면의 기왓골이 물이랑 치듯 내레다 뵈이는데, 연돌(煙突)[379]이 별루 없는 도시에 종소리두 수태[380] 처처에서 뎅그렁거리는 것이다.

서웃달[381] 그믐날이요 마츰 일요일, 오정(午正)이 거반 다 돼서 우리는 이제 정식으루 페양을 방문하기 위해서 나센 거디니 발이 한 끗 가뿐구 선선했다. 호텔 현관 앞에서 탁시루 나센 거들 노중(路中)에서 내삐리구 걷기루 한 것이다. 항공병(航空兵)이 수태두 쏘다데 나와 삼삼오오 돌아댕긴다. 병과금장(兵科襟章)[382]을 아무리 주목해 봐야 제가끔 하늘빛을 오레다가 붙인 듯한 세루리안 불류[383]뿐이었다. 내가 화가라구 한대믄 '일요일'이라는 그림을 구상하구푸다. 이웃집마다 칼렌더 빛이 모다 빨갛구 거리마다 항공병의 금장이 하늘쪽 같이 나붓긴다고 어떻게 이렇게 슈우루 레알리스틱[384]하게 말이다. 우리는 들어갈 의사도 없이 영화관 간판 그림을 쓰윽 테다 보며 멈췄다가는 다시 와락 와락 걸었다. 다방마다 들레서 마신 커피가 서너 잔이 넘을 거이다.

대동문(大同門) 앞 김덕수(金德洙) 씨를 만났댔는데,

"원제 왔댔소?"

"어젯밤에 왔쉐다."

"서울낭반이 시골은 왜 왔소?"

"시골을 와야 낭반이 되지 않능거이요! 더어타 이 낭반 식전부터 쳈네게레!"

"골라서 기깐너머에게 술 한 잔 머거띠. 쌍너머게! 어드메루 가는 길이오?"

"더어 우꺼레루 해서 한바쿠 돌라구 그래."

"그름 만제 가라우. 좀 있다 만나자우."

대동문을 나세믄 바루 강인데 발이 우덩 욍기기 싫었다. 대동문을 수선한다는 거디 회칠을 찍찍 둘러서 붕대 감어놓듯 했다. 이건 대동문의 미(美)가 아주 중상을 입은 드디 보기 흉축하기까지 하다.

새 수구(水口) 선창에 다나가서 '강산면옥(江山麵屋)'을 찾어 쟁반을 대하기루 했다. '신속배달(迅速配達)'쯤은 무난한데 '친절본의(親切本意)'라는 뜻 의(意) 자가 다정스럽다. 아루깐 국물 데우는 가매 넢에 오마닌지 색씬지 모를 이가 앉구, 낯추 걸린 전화통 아래 조께 입은 이, 감투 쓴 넝감, 촌사람인 듯한 이들이 앉구 한 새에 섞에 앉어서 고명판에 고명 골르는 꼴이며 국수 누르는 새닥다리에 누어서 발로 버티는 풍경을 보며 쟁반을 먹을까 하는데 "우층으로 올라가소" 하는 거다. 행색이 양복을 입구 오버를 입구 해서 대접하누라구 그러는 거딘디 난로 피운 우층 마루방으루 안내하는 거다.

"우층에 쟁반 하나 자알 해올레라—"

둘이 실컷 먹구 마시구두 남았다. 이 귀를 기울리구 저 귀를 기울리어 마시며 권하며, 고기와 사래를 서루까락 밀며 먹으며 칭송하여마지 않았다.

◇

신창리(新倉里) 빼짓한 골목이 길기두 했다. 경제리(鏡濟里)로 들어세서 길이 꽤 질었디마는 가레서 살살 듸딜만했다.

나는 다소 주저하야만 할 것 같은 심경을 깨달았다. 그러나 내가 폐양에 와서 무슨 부정통계표(府政統計表) 같은 거들 베껴가야 될 의무가 있갔나, 부회의원(府會議員)[385]들과 교제를 하야될 일이 있갔나, 그래두 스키모에 류색을 메구 초연(悄然)히[386] 역에 내리는 일개 서생을 명목(名目)[387]하야 손님따라 나온 겸사겸사래두 나왔댔누라는 가인(佳人)을 찾어 사의(謝意)를 표하기가 무엇이 맞가롭지 못할 배가 있을고. 그르나 막상 대문깐에 들어세구서는 놈의 집 닭이 놈의 집에 침입할 때터럼 어릿더릿하구 잠간 분명한 태도를 가질 수 없었던 것일지두 모른다. 으레히 노는 사람들 같구보믄 조용한 처소에 미리 지휘를 놓는대든디 할 거디갔는데 그러티두 못한 생각을 하믄, 그러나 우리가 그를 그의 직업으로 대하지 않갔누라는 거디 그에게 베풀 수 있는 경의에 가까운 거딜디두 모른다. 더욱이 이곳에서 나고 자라서 타도(他道)에서 화명(畵名)으로 발신(發身)[388]하야 모처름만에 슬픈 고향에 찾어온 가난한 청년화가와 그의 간단한 그림도구를 서로 나누어 들 만한 가티 온 동무가 나그냇길루 나센 바에야 말이다.

아직 머리두 곤테 빗디 못한 이 색시를 수구롭게 굴어 이런 포오즈를 지어라, 저리로 향하라, 이쪽 광선을 받아라 하기두 초면에 무엇하니 목탄지에 폭폭 파고드는 연필로 우리가 제목하기를 '화문행각(畵文行脚)'이라고 한 재료에 올리는 거디 어떻갔느냐구 했다. 서울루 티면 거반 사간(四間) 방이나 되는 이간(二間) 방에 어거리 장농이 어리어리 들어섯고 체경이 모다 벽으루 세듯했다. 수틀까지 모다 자개를 박았구 보니 안주수(安州繡)[389] '쌍학(雙鶴)'이 자개 화원에서 노니는 듯하다. 어거리 유리 짬으로 뾰족 보이는 베개모 퇴침모가 모다 오색실루 수가 놰데스니 '복(福)'자, '수(壽)'자, '희(囍)'자 등이 베갯모마다 글자가 달리 됐다. 동무가 그린 연필화는 내가 부탁한 것과는 아주 간소한 인상적인 거디 돼서 적막하기까지 한 거디니 주인 색시를 때때루 대하는 경대를 그려두, 아랫답기가 뺨에 대보구푼 불란서 인형을 분갑 넢에 세우구, 나드리갔다 돌아와 개키디두 않구 그우에 걸테있는 초매와 저고리를 그리구 말았다.

주인색시 방에 주인색시가 압센트[390]된 거디 나그냇길에 오른 우리의 풀롤 없는 이얘기를 훨신 슬프게 한 거들 알았을 때 벽에는 이와 같은 글이 붙은 것을 봤다.

나부산색춘(羅浮山色春)
이입화장중(移入畵粧中)[391]

화문행각—11: 오룡배(1)

선천(宣川)으로 다시 돌아갔다가 긴한 볼일을 마추고 다음날 저녁 안동(安東)으로 되곱파 오기로 한 낙영(樂永)이를 보내 놓고 우리는 만주(滿洲) 추위가 버썩 더 추워 온다.

나는 신시가 6번통(通) 8정목(丁目), 아주머니 없으시고 어린 조카아이들 있는 삼종형님 댁에서 형님과 자고 아침을 같이 먹어야 한다. 길(吉)은 역전 일만(日滿)호텔 2층 북향실(北向室)에서 내 짐과 내 가방과 자기 화구(畫具)를 지키고 자야 한다. 6번통에서 역전까지 마차삯 이십 전이 드는 거리(距離)에 눈이 오면 치우고 오면 치우고 하야 가로 옆에 싸올린 것이 사방토제(砂防土堤)³⁹²와 같이 키가 크다. 그 위로 치위와 전선(電線)이 우르릉 우르릉 포효하며 돌아다닌다.

형님은 은행에 시간 당해 가시고 나는 이발소에 가서 세수를 하기로 한다. 체경에 얼굴을 바짝 대고 나는 걱정스럽다.

이제 만일 여드름이 다시 툭툭 불거져 나온다면 진정 치가 떨리

도록 슬퍼 못 살을 노릇이겠으나 나그넷길에 나서 한 열흘 되니 눈
갓으로 입갓으로 부당(不當)한 잔주름살이 늘었다. 놀며 돌아다니
기도 무척 고딘 것이로고나.

　이 치위에 일부러 치운 의주(義州), 안동(安東)을 찾어 나선 것도
나선 것이려니와 애초부터 볼일이라고는 손톱만치도 없이 그저 보
기 위해, 놀기 위해 나선 것이고 보니 결국 이것도 일종 난봉이 아니
었던가 한다. 난봉도 슬프고 고딘 것이로구나 하며 글 제목을 어떻
게 '무목적(無目的)의 애수(哀愁)' 이렇게 생각해 내어보며 얼굴과
머리가 빤빤해진 것을 거울 속에 찾어낸다. 기분도 앗질하도록 쾌
(快)한 것을 느끼며 형님 댁에 돌아오면 아이들이 보는 족족 기어올
르고 매달리고 감긴다. 아주머니 없으신 방에 장농 의거리 반다지
가 그다지 빛이 나 보이지 않는다고 생각한다. 서령 약(藥)으로, 기
름으로 자개와 놋쇠장식을 닦고 닦어서 윤을 내인다고 한다 손 치
더라도 달리 쓸쓸한 빛이 돌까 싶다.

　간밤에 웃층에서 와사난로(瓦斯煖爐)[393]를 피우고 형님과 술을 통
음(痛飮)하고 나서 형님이 주정하시는 바람에 나는 나려와 큰조카
아이를 붙들고 울은 생각을 하고 나의 옅은 정(情)이 부끄러워진다.
다시 눈갓이 뜻뜻해 올르는 것을 피하야 성애가 겹겹히 낀 유리창
에 옮기어 얼굴을 숨긴다. 야릇하게도 애절한 만주 새납[394] 소리와
긴 나발소리가 뚜우 뚜우하며 지나간다. 만주 사람들은 죽어서 나
가거나 혼인행차에 꽃을 달고 따르거나 새납과 나발이 따른다. 경
우를 따라서 새납 곡조를 어떻게 달리하는 것인지 분간해 들을 수

가 없다.

"아자씨 안동약국에서 전화 왔었서요."

"장(張) 선생한테서?"

"네."

나는 전화기 앞으로 옮긴다.

"…어제는 참 수고하셨지요? 네에! 길(吉)한테서 전화가 왔어요? 네에! 네에! 이제 곧 가 보겠읍니다. 네네! 네에! 그러면 있다 저녁 때 가 뵈입겠읍니다."

전화는 다시 일만호텔로 옮긴다.

"…그럼! 일어났소? 아침은? 빅토리아에 나가서 한잔 마시구! 호텔에서 한잔 마시구! 반챠[395]는 몇 잔이나 마시구? 당신이 차만 마시는 금붕어요? 그래! 그래! 그럼 그동안 다마나 치구 있구려! 오라잍!"

셋째 조카아이 치과에 가는 길에 구열(求烈)이와 셋이 마차를 탔다. 아이들은 털로 곰처럼 싸놓아야 외출을 할 수 있다. 일만호텔 앞에서 나는 "돌라! 돌라!" 하며 나리고 두 아이는 그대로 앉아 성립병원(省立病院)으로 향하는데 마차부(馬車夫)가 "쮜! 쮜어바!" 하면 말이 달달 달리다가 "우우웨!" 하니깐 방향을 바꾸어 달린다. 이상스럽게도 가볍고 보드라운 방울소리가 간단없이 울린다…. 실상은 마차가 방울소리처럼 가볍게 흔들며 가는 것이다. 구름 한 점 없이 파아랗게 얼은 치운 하늘이 쨍쨍 갈러질가도 싶은데 낚싯대처럼 치어들은 채축에는 붉은 수실[396]이 감기어 햇빛에 타는 듯이 나부낀다.

옥돌실(玉突室)[397]에서 께임이 마치는 동안이란 나는 신경질이 일어나는 동안이다. 내가 빅토리아에서 커피를 한 잔 놓고 버티고 있노라니 길(吉)이 휘이 휘이 젓고 들어온다.

손가락을 들어 튀기어 딱! 소리를 내어 웨이트레스를 부르니 무슨 기계처럼 걸어와 앞에 따악 버티고 선다.

"워드카—"

"워드카 입빼이?"

백계노서아(白系露西亞)[398] 여자는 해군(海軍)으로 잡어다 썼으면—생각된다.

워드카는 마알간하니 싸늘해 보인다.

"이걸루 커피가 몇 잔챈고?"

"넉 잔채!"

"한 잔은 어디서?"

"옥돌실에서 한 잔 또 먹었지!"

커피에 워드카가 섞이어 넘어간 것이 등으로 몰리는지 등이 단다.

오룡배(五龍背)까지 가는 기차시간을 따지어 보니 우리는 정거장까지 막 뛰어나가야만 한다.

화문행각—12: 오룡배(2)

까솔린차 안의 보온장치가 무엇이었던지 알아보지 못하였으나, 외투를 벗을 수도 없이 꼭 끼어서 홧홧하기 땀이 난다.

결박 당한 듯이 부비대고 견디기가 견딜 만한 것이, 내가 어느 기회에 만주 사람들과 이렇게 친근하여 보겠기에 말이지. 길이 앉치어 주는 대로 앉기는 하였으나 포케트에 든 손이 나올 수 없고 나온 손이 다시 제자리에 정제(整齊)하기가 실로 곤란한 노릇이니, 까솔린차 안에 인체와 호흡이 이렇게 치밀하여서야 만철당국(滿鐵當局)보다도 승객인 내가 어떻게 반성할 만한 여유를 가질 수 없다.

멀리 타국에 나와서 호텔 2층에서 잠고대가 역시 충청도 사투리였던가! 스스로 놀라 깨인 적이 지나간 밤중에 있었거니와 만주인 청복(靑服) 사이에 복개어 괴로운 소리가 역시 조선말인 것을 깨달을 때 나는 문득 무료(無聊)하다. 길은 턱을 받치우고 허리를 떠받치우고도 연상 허허 웃으며 떠드는 것이 내가 일일이 응구(應口) 아니하여도 좋은 말뿐이다.

짐승의 방광을 말리어 그릇으로 한 것 같은 그릇에 고량주를 담어 들은 것이야 여기서만 볼 수 있는 것이겠으나, 기름병 든 사람 울긋불긋한 이부자리 보통이를 어깨 위에 세우고 버티는 사람, 그 중에도 놀라웁기는 바가지짝 꿰어 든 사람이 있으니, 조선풍속과 어디 다를 것이 있더란말가.

이 사람들이 떠들기를 경상도 사람들처럼 방약무인(傍若無人)하다.

차가 어쩐지 추풍령(秋風嶺) 근처에 온 것 같다. 한 여인네의 젖가슴에 파묻힌 발가숭이가, 아랫동아리가 기저귀도 차지 않은 정말 발가숭이인 것을 알았으니 만주여자의 저고리가 목에서부터 바른편으로 나간 매듭단초를 끌으고 보면 어린아이를 집어넣어 얼리지 않기에 십상 좋게 되었다. 어머니도 천생 조선 어머니가 아닌가! 발가숭이는 잠이 들고 어머니는 젊고 어여부기까지 하다. 이렇게 우리가 꼼작할 수 없이 서서 대체 실내 고온도(高溫度)가 공급되는 것을 그저 스팀이나 까솔린에 돌릴 수 없는 것이니, 만주 농민들은 마늘냄새가 나느니 무슨 내가 나느니들 하나 별로 그런 줄을 몰으겠고, 가난과 없는 것이란 이렇게 뒤섞이어 양명(陽明)하고 훈훈하도록 비등(沸騰)하는 것이 흥이 나도록 좋다.

대체 어디서 털쪽이 그렇게 많이 나오는 것인지 털쪽을 붙이지 않은 사람이 별로 없다. 털외투에 털모자를 갖춘 부자사람은 말할 것 없으나 마래기[399]가 털이요 귀거리가 털이요 저고리 안이 털이요 발목에도 털이다. 그렇게 골고루 갖춘 사람이 실상은 몇이 못되고 마래기와 신에는 털이 조금식은 붙는다. 그것으로 가난과 추위가 남루하게 들어난다. 생(生)껍데기를 요렇게도 벗기우는 만주 짐승들은 대체 어디서 이 찬 눈을 견데고 사는 것일까. 털쪽도 여자들한테는 골고루 못 참례되는 것인지, 솜이 뚱뚱한 푸른 무명옷 우아래에 발에 다님을 치고 머리에 조화(造花)를 꽂고 그저 섰는 이가 많었다.

바로 앞에 선 아이가 열두서넛에 낫을까한데 하도 귀엽길래,

"소고낭(小姑娘),[400] 그대가 어디로 가는가?"

"울릉페로 가노라."

"우리도 일양(一樣) 울릉페로 가노라."

"소고낭, 그대가 기세야(幾歲耶)?"

"십유삼세(十有三歲)로라."

"가애(可愛)인저! 심가애(甚可愛)인저!"

전연 엉터리없는 만주어를 함부로 써서 그래도 통하는 것이 놀랍지 않은가. 옆에 손을 잡고 선 노인이 아모래도 하라버진 모양인데 엉성하기 말징게미 같은 웃수염을 홀으리며 빙그레 웃고 섰다. 이 노인이 어디서 본 이 같은데 도모지 생각이 아니 난다. 보기는 어디서 봤단 말가. 만주 하마탕(蝦蟆塘) 근처에 사는 농민을 내가 본 기억이 있누라는 생각이 우수워서 나는 나대로 웃고 앉었다.

만주에 와서 판이한 것은 실내와 실외의 춥고 더운 것이니 실내가 과연 덥다.

장갑 낀 손으로 성애를 긁어 홀으리고 내다보이는 추위가 능글능

글하게도 쭈구리고 있다. 이제 유리창을 열고 뛰어나간다면 밭이랑에 산모퉁이에 도사리고 있는 놈들한테 발기발기 찢기울 듯싶다.

땅속이 한길 이상이 언다는 만주 치위가 우리가 다녀간 뒤에 바로 풀리어 봄이 왔으면 좋겠다고 생각한다. 이런 땅을 쫓기고 솟아고이는 펄펄 끓는 물이 있다는 것이 끔찍하게도 사치스런 기적이 아닐 수 없다. 오룡배 온천까지 와서 우리가 아직도 한창때요 건강한 것이 으쓱 행복스럽다. 총대 들고 섰는 만주인 철도경비병 앞으로 바짝 다가서며 금장(襟章)에 별이 몇 갠가를 조사하고 우리는 개찰구로 나선다.

화문행각-13: 오룡배(3)

온천장 호텔은 적어도 삼사일 전에 교섭하기 전에는 방을 차지할
수 없고 무상시(無常時)로 출입할 수 있는 취락관(聚樂舘)이라는 탕
은 당분간 폐관이라고 써 붙이었으니, 마침내 보양관(保養舘)이라
는 병자들이 가족을 데불고 오는 탕에라도 찾아갈 수밖에 없다.

현관에 들어서자 농촌청년인 듯한 조선사람 둘이 올라가기에도
주저되는 모양이요 그저 나오기에도 멀리온 길에 그럴 수 없는 모
양이다. 여급(女給)도 별로 인도해 올릴 의사가 없이 곁눈으로 흘리
우고 왔다 갔다 할 뿐이다.

방이 비었느냐고 몰은 것이 실상은 방마다 비다싶이 하였다. 슬
리퍼를 찍찍 끌고 들어가 차지한 방이 다다미 우에 스팀이 후끈 달
어 있다. 외투를 벗어 내동댕이치다싶이 하고 다리를 뻗고 있노라
니 갑작히 피로를 느낀다. 바꾸어 입을 옷을 가져온다든지 차를 나
수어온다든지 마땅히 있어야 할 순서가 없다. 초인종으로 불어온
여급이 어쩐지 고분고분하지 않다. 이러한 곳이란 쩔쩔 매도록 친

절해야만 친절값에 가겠는데 친절은 새레 냉랭한 태도에 견디기 어렵다.

일일이 가져오라고 해야만 가져온다. 초인종으로 재차 불러온 이 역시 뻣뻣하다.

"느집에 술 있니?"

"있지라우."

"술이면 무슨 술이냐?"

"술이면 술이지 무슨 술이 있는가라우?"

"무엇이 어째! 술에도 종류가 있지!"

"일본주(日本酒)면 그만 아닌가라오?"

"일본주에도 몇십 종이 있지 않으냐!"

정초(正初)에 이 여자가 건방지다 소리를 들은 것이 자취(自取)가 아닐 수 없다.

"맥주 가져오느라!"

"몇 병인가라오?"

"있는 대로 다 가져와!"

호령이 효과가 있어서 훨석 몸세가 부드러워져 맥주 세 병이 나수어 왔다.

센뻬이를 가져오기에도 온천장 거리에까지 나갔다 오는 모양이기에 거스름돈을 받지 않았더니 고맙다고 좋아라고 절한다.

눈갓에는 눈물자죽인지도 몰라 젖은 대로 있는가 싶다.

"성났나?"

"아아니요!"

사투리가 복강(福岡)이나 박다(博多) 근처에서 온 모양인데 몸이 가늘고 얼굴이 파리하여 심성이 꼬장꼬장한 편이겠으나 호감을 주는 것이 아니요, 옷도 만주추위에 빛갈이 맞지 않는 봄옷이나 가을옷 같고 듬식 듬식 놓인 불그죽죽한 동백꽃 문의가 훨석 쓸쓸하여 보인다. 어찌 보면 순직(純直)하여 보이는 점도 없지 않다. 이런 데 있는 여자가 손님이 거는 농담이라거나 희학(戲謔)에 함부로 몸짓을 흐트린다든가 생긋 생긋 웃는다든가 하여서는 자기의 체신(體身)을 보호하기 어려울 것이리라고 동정(同情)하는 해석을 갖기도 한다.

이 치위에 맥주는 아무리 보아도 쓸쓸한 화풀이가 아닐 수 없다. 탕에라고 가보니 좁디좁은 수조에 뻐쩍 말은 사람 둘이 개고리처럼 쭈그리고 있다. 몸을 가실 새물을 받는 장치도 없다. 수건도 비누도 없다. 나오다 보니 현관에 흰옷 입은 청년들이 그저 서 있다.

"한 시간에 자릿값만 몇 원이 될가븐데 여기 오실 맛이 무엇 있오? 보아하니 농사짓는 양반들이신 모양인데 그대로 가시지요."

옳은 말로 알아듣고 곱게 돌아간다.

호령으로 버릇은 곤치기는 하였으나 박다에서 온 여자이고 의주에서 온 농촌청년이고 간에 친절한 언사와 여간 탐쯤으로서 멀리 만주에까지 지고 온 가난과 없어서 그런 것이야 징치(懲治)할 도리가 있느냐 말이다.

만주인 치고 온천에 오는 이가 별로 없다고 한다. 세수 한겨울쯤

아니하기는 예사일 터인데 온천이란 쓸데없는 소비적인 것이 아닐
수 없으리라.

도데라가 짧라서 길(吉)은 시골 심상(尋常)[401] 소학생 같다고 스스
로 조소(嘲笑)한다. 컵에 담긴 맥주는 스팀 옆에서 거품도 없이 절
로 찬 것이 가시운다. 원고 쓰기에 좋은 방이라고 생각한다.

동창(東窓) 유리의 성애를 닦고 들어오는 멀리 선 산이 구타여 악
의를 가지고 대할 것은 아니라도, 나무도 풀도 없는 석산(石山)이
안동현(安東縣) 유일의 등산코스가 된다는 것은 한심한 일이다. 그
래도 오룡배에 왔었노라고 유리 앞에 서서 산을 그리는 길의 키도
쓸쓸해 보인다. 철관이 우글어지는 듯한 바람이 몰려간다. 실큿한
만주개 짖는 소리가 들린다.

몇 해 전에는 여게서 비적(匪賊)이 일어 불질을 하였던 사건이 있
었더라는 말을 들었는데, 그래서 그랬던지 아까 정거장을 나설 때
무슨 철조망 같은 것이 역사 주위에 남아 있었던가 기억된다.

"기미코상! 여게서 쓸쓸해 어찌 사노?"

"할 수 없이 그대로 지나지라우."

"경성은 살기 좋다지요?"

패랑이 꽃처럼 가늘고 쓸쓸한 이 여자는 그래도 열탕이 솟는 오
룡배 다다미방에서 겨울을 나는 것이 좋을 것이라고 생각하며, 맥
주도 인제 맛이 난다고 나는 말하며 컵을 든다.

유리 바깥 추위는 뿌우연 토우(土雨)같이 달려 있다.

생명의 분수-무용인 조택원론(상)

위로 솟아올라 춤추는 물이 분수라고 하면 분수와 같이 싱싱하고
날렵한 사람이 무인(舞人) 조택원(趙澤元)이 아니냐. 분수는 미처
떨어져 이울 줄이 없으니 너무도 뒤바처 치오를 줄만 아는 까닭이
다. 분수가 하도 열렬하기에 불멸의 화염(火焰)으로 탄미하는 수밖
에 없으니 무인 택원은 휴지(休止)와 침체를 망각한 항시 약동하는
일개 우수한 '생명'이 아닐 수 없다. 어데서 그러한 의력(意力)과
용기와 청춘과 희열이 무진장 솟아오르는 것이냐! 분수는 스위치를
돌리어 꺾을 수 있으나 무용인 원택은 눌러서 삭으러지지 않는다!

이제로 오십년 전 우리네들 집안에 무용 지원자가 생겨난다면 그
것은 의사(意思)만으로도 일종의 반역이었던 것이다. 그도 상당한
유서가 있는 가문의 장손 택원으로서는 차라리 비절(悲絶)한 출발
이 아닐 수 없었다. 이리하야 택원은 오직 청춘과 항의(抗議)와 오
오! 우수한 육체만을 가지고 출가한 이후 십오년 동안에 마침내 조
선 무용사의 새로운 페이지가 부지중 기구하고도 찬란하게 째이어

졌으니, 이만한 사실을 실로 너그러운 사람은 부인치 않으리라.

석정막(石井漠)[402] 문하의 쌍벽이 조택원과 최승희(崔承喜) 두 사람인 것은 공연한 자랑거리가 되었으나, 승희는 행운과 인기의 절정에 오르고 택원은 고독과 예술의 일로를 달려온 것이다. 불운한 탓이 도리혀 택원으로 하여금 늦도록 빛나게 할 것이 아닐까. 여하간 택원은 잘 견디어 왔다. 굴치 않았다. 그의 파리(巴里)의 우울에서 늑막열(肋膜熱) 사십도 고하중(高下中)에서도 도리혀 그의 회심의 쾌작 〈포엠〉을 획득하고야 말었다. 귀조(歸朝) 후 제1회 공연에 발표된 작품 중에서 가장 경건하게 완성된 것이 이 〈포엠〉인가 하노니, 그것은 서양취(西洋臭)도 조선냄새도 아니 나는 순수무용의 당연한 귀착이요 근대미학의 확호한 단안(斷案)에서 고평(高評)을 받아야 할 것이었다. 석정 일문의 지방색(地方色)인 길로 뛰고 모로 뛰는 원시정열의 과장이 자최조차 없어지고 근대의 추태 데카당티즘을 추호도 볼 수 없다. 손의 모색(摸索)과 발의 회의(懷疑)로서 출발한 무용시 〈포엠〉은 필연적으로 동작의 요설(饒舌)과 도약의 난태(亂態)가 용허될 수 없었던 것이니, 지고(至高)한 무용은 동작의 타당한 절약에서 완성되는 것이라 그것은 언어의 절제가 도리혀 시의 미덕임과 다를 데가 없다. 필연의 제약에서 황홀한 팽창에로 비약하는 것이 그의 귀조 이후의 명확한 경향이다. 〈포엠〉(1.〈고요한 걸음〉, 2.〈희망〉)의 플롯은 거칠게 보아서 이러하다. 가까스로 일어서고 보니 의외에 걸어가겠고 걷고 보니 달릴 자신(自信)이 났다. 금시 금시 좌절되는 희망이 순간 순간의 절망을 통하여 마침내 광명에 돌진하는 생활적 프로세스가 무용적 편곡으로 실현될 적에는 결국 동체적(胴體的) 설화이며 감각적 구성인 호개(好個) 서정시(敍情詩)요 눈물겨운 심적 고투사의 일단면(一斷面)이다.

일로 보면 그는 순수 형식주의의 스타일리스트로 제한하여 보는 것보다는 생활 내용의 긴밀한 익스프레셔니스트로 취급하는 것이 더 옳을까 한다. 형식과 내용은 일방 편중에서 언제든지 편시(片翅)의 호접(蝴蝶)을 면치 못하는 것이니 형식과 내용은 반드시 표현에서 일치하고야 만다. 그러므로 문학과 무용은 서로 혈속(血屬)인 것을 거부할 이유가 없는 것이요, 택원은 다시 회화와 무용의 '조화'에 향하야 일맥의 혈로를 타개하고야 말은 것을 작품 〈앙젤류스〉에서 볼 수 있으니, 그는 밀레[403]의 명화 〈만종(晩鐘)〉의 동작적 재현이다.

원근법과 구도와 종교적 생활감정 표현의 거장의 원화(原畵)에다가 조선 바지와 치마를 바꾸어 입히고 택원 독특의 무대적 유희정신으로 밀레를 하로종일 끌고 다니고도 조곰도 버릇이 없지 않었다. 피날레에서는 원화를 고대로 고스란히 원작자에게 돌리고 말었으니 경건한 밀레의 에스프리를 조곰도 손상치 않은 것은 택원의 '웃음'의 효용이었다. '웃음'은 그의 무용적 성격임에 틀림없으니 그는 가슴팍이, 허리, 어깨, 손발로 모조리 미소한다. 그의 무용은 모든 근육세포가 율동적 통제에서 행하는 미소의 제창(齊唱)이다. 그러므로 그는 골격의 도약선수라기보다 근육세포의 소리 없는 가수다.

참신한 동양인 — 무용인 조택원론(하)

조택원이 파리행을 계획하기 전 양삼년(兩三年)[404]간은 그의 예도(藝道)와 심경에 지극히 암담한 구름이 개일 날이 없었다. 그것은 무용인으로서의 환경의 불운과 인기의 귀추에서 오는 우수, 초조뿐이 아니라 실상은 예술인으로서의 훨석 근본적인 난제에 봉착한 것이었다. 이것은 모든 양질의 예술인이 반드시 겪고야 마는 것이요 또는 겪어야 하는 것이니, 새로운 진경(進境)이 열리기 전 예도(藝道)상의 '막다른 골목'에 무용인 택원도 들어섰던 것이다. 그의 관중들은 여태껏 택원의 무용이 좋으니 낮으니, 잘 추느니 못 추느니 내지 택원이가 사람이 옳으니 그르니까지가 화제거리였으나, 택원 자신의 절박한 당면문제는 자기가 십년 배워 추는 춤이 정말 서양무용인가 아닌가, 아주 엉뚱한 회의였던 것이다. 그의 무용예술의 일반기초, 말하자면 무용적 문법, 문체가 이 막다른 골목의 모색자를 구할 수는 없었다. 때마침 전후하여 무용시인 사하로프 부처[405]와 무용철인 크로이츠베르크[406]가 사막의 북극성 같이 동경(東

195

京)에 나타났었다. 그들은 교사(驕奢)[407]한 호접(蝴蹀)처럼 춤추고 갔다. 이국 화원(花園)에 그림자조차 남길세라 계절 밖으로 황홀히 날려 돌아갔다. 택원은 보고 차라리 심통(心痛)하였다. 은사 석정한 테 의리와 감사는 더욱 굳어졌으리라. 파리행을 결의하기는 대개 이러한 동기에 있었다.

파리에 간 지 일년 만에 택원의 편지에는 이러한 구절이 있었다. …시(詩)는 동양에 있읍데다…. 그럴까 하고 하로는 비를 맞아가며 양철집 초가집 벽돌집 건양사(建陽舍)집 골목으로 한나절 돌아다니다가 돌아와서 답장을 써 부쳤다. …시는 동양에도 없읍데…라고.

택원이가 다시 펄펄 돌아왔다. 손에 소매를 느리고 고롬을 고이 매고 깃동정도 솔기도 얌전히 돌아가고 다님에 버선 맵시가 앙증스 럽게도 멋쟁이 도련님이 되어 왔다. 훌훌 벗고 춤춘다는 파리에 가 서 옷 입고 추는 법을 배워왔다.

의상을 새로 입은 택원의 무용이 순수 동양미의 장식적(裝飾的) 경향에 기울어지고 보니 서양적 에로스가 퇴진할 수밖에 없다. 적 나(赤裸)한 '매스(塊體)'의 구성미로서 전아한 선(線)의 비약미로 전신(轉身)하였다. 손과 입술을 서로 사양(辭讓)하고도 '미(美)'는 서로 연애(戀愛)할 수 있는 조선의 예의를 이방 불란서에 가서 배워 온 총명한 택원은 일개 참신한 동양인이 아닐 수 없다.

★ 승무(僧舞)의 인상. 기생이 추는 재래 승무는 얼굴이 없었다. 호흡이 미약하여 어쩐지 끊어져 들어가는 듯하였다. 관중을 고려치 않고 혼자 추기에 정신없었던 춤이었던 것이 택원의 승무로 호흡이

확대되었다. 무대와 극장의 약속이 이행된 대남자(大男子)의 대승무(大僧舞)!

★ 댄스 포퓰레르. 누구든지 출 수 있을 춤. 왜 그런고 하니 조선 사람의 '흥(興)'은 저절로 이러한 운동을 하게 되는 것이므로다. 다만 범속의 환희를 저윽이 예술로 끌어올린 택원의 유창한 계획을 볼 것이다.

★ 검무(劍舞)의 인상. 장고는 장단을 위한 것이어늘 여기에서는 강약(强弱)을 위한 타악기로 완전히 이용된다. 재래 검무의 가락이 완전히 무시된다. 관중으로 하여금 무엇인지 반성(反省)을 강요하는 춤이다. 택원 자신이 추는 것이 어떠뇨?

★ 가사호접(袈裟蝴蝶). '승무의 인상'으로부터 다시 새로운 의도에 고심한 것을 볼 수 있다. 석정 대가의 영향을 부인하기 어려운 묵극(默劇). 주체하기 곤란한 장삼(長衫)이 날리는 데서 살엇다.

★ 코리안 판타지. 흥과 멋으로도 번창한 장판방춤이 현대무대로 올르니 결국 택원의 새로운 유쾌한 아레인지! 끝까지 풍기(風紀)에 주의하여 손 한번 잡지 않은 것이 나중에는 할수없이 돌아서서 서로 어깨를 댄다. 가가(呵呵).[408]

★ 김민자(金敏子)[409] 인상(印象) 소기(小記). 무희로서 먼저 좋은 육체를 얻었다. 너무 크지 않고 비만할 염려가 없다. 기교를 십분 마스터한 후 바야흐로 일가(一家)를 이루려는 한참 물오르는 계절에 들었다. 〈월스〉에서 보이는 정치한 토우댄스[410]는 바람 받는 새매와 같은 매스러운 예풍(藝風). 완전히 자기의 것이다. 그의 조선

춤에서 어깨가 올라가 동체(胴體)와 떨어졌다는 흠(欠)을 여럿이 지적한다. 어깨가 다시 나려오기는 아조 용이하리라. 김민자의 조선 춤은 허리를 쓸 줄 아는 까닭으로!

시(詩)의 위의(威儀)[411]

안으로 열(熱)하고 겉으로 서늘옵기란 일종의 생리를 압복(壓伏)시키는 노릇이기에 심히 어렵다. 그러나 시의 위의는 겉으로 서늘옵기를 바라서 마지 않는다.

슬픔과 눈물을 그들의 심리학적인, 화학적인 부면(部面) 이외의 전면적인 것을 마침내 시에서 수용하도록 차배(差配)[412]되었으므로 따라서 폐단도 많아 왔다. 시는 소설보다도 선읍벽(善泣癖)[413]이 있다. 시가 솔선하야 울어버리면 독자는 서서히 눈물을 저작(咀嚼)할 여유를 갖지 못할지니, 남을 울려야 할 경우에 자기가 먼저 대곡(大哭)하야 실소를 폭발시키는 것은 소인극(素人劇)[414]에서만 본 것이 아니다. 남을 슬프기 그지없는 정황으로 유도함에는 자기의 감격을 먼저 신중히 이동시킬 것이다.

배우가 항시 무대와 객석의 제약에 세심하기 때문에 울음의 시간적 거리까지도 엄밀히 측정하였던 것이요 눈물을 차라리 검약하는 것이 아닐까. 일사불란한 모든 조건 아래서 더욱이 정식으로 울어야 하자니까 배우 노릇이란 힘이 든다. 변화와 효과를 위하얀 능히 교활하기까지도 사양하지 않는 명우(名優)를 따라 관중은 저절로 눈물이 방타(滂沱)[415]하다.

시인은 배우보다 다르다. 그처럼 슬픔의 모방으로 종시(終始)할 수 있는 동작의 기사(技師)가 아닌 까닭이다. 시인은 배우보담 근엄하다. 인생에 항시 정면(正面)하고 있으므로 패사[416]를 떨어 인기를 좌우하려는 어느 겨를이 있으랴. 그러니까 울음을 배우보다 삼가야 한다.

감격벽(感激癖)이 시인의 미명(美名)이 아니고 말았다. 이 비정기적 육체적 지진 때문에 예지의 수원이 붕괴되는 수가 많았다.

정열이란 상양(賞揚)[417]하기 보담도 어떻게 정리할 것인가. 관료가 지위에 자만하듯이 시인은 빈핍하니까 정열을 유일의 것으로 자랑하던 나머지에 택없이 침울하지 않으면 슬프고 울지 않으면 히스테리칼하다. 아무것도 갖지 못하였다는 것은 용이한 일이다. 다시 청빈의 운용이야말로 지중(至重)한 부담이 아닐 수 없다.

하물며 열광적 변설조(辯說調)─차라리 문자적 지상폭동(紙上暴動)에 이르러서는 배열과 수사가 심히 황당하야 가두행진을 격려하기에도 채용할 수 없다.

정열, 감격, 비애, 그러한 것, 우리의 너무도 내부적인 것이 그들 자체로서는 하등의 기구를 갖추지 못한 무형한 업화적(業火的) 괴체(塊體)일 것이다. 제어와 반성을 지나 표현과 제작에 이르러 비로소 조화와 질서를 얻을 뿐이겠으니 슬픈 어머니가 기쁜 아기를 탄생한다.

　표현, 기구 이후의 시는 벌써 정열도 비애도 아니고 말았다. ―일
개 작품이요 완성이요 예술일 뿐이다. 일찍이 정열과 비애가 시의
원형이 아니었던 것은 다만 시의 일개 동인(動因)이었던 이유로서
추모를 강요하기에는 독자는 직접 작품에 저촉(抵觸)한다.

　독자야말로 끝까지 쌀쌀한 대로 견디지 못한다. 작품이 다시 진
폭과 파동을 가짐이다. 기쁨과 광명과 힘의 파장의 넓이 안에서 작
품의 앉음 앉음새는 외연(巍然)히 서늘옵기에 독자는 절로 회득(會
得)[418]과 경의와 감격을 갖게 된다.

　근대시가 안으로 열하고 겉으로 서늘옵기는 실상 위의(威儀) 문
제에 그칠 뿐이 아니리라.

시와 발표

꾀꼬리, 종달새는 노상 우는 것이 아니고 우는 나달보다 울지 않는 달수가 더 길다.

봄 여름 한철을 울고 내쳐 휴식하는 이 교앙(驕昂)⁴¹⁹한 명금(鳴禽)⁴²⁰들의 동면도 아닌 계절의 함묵(緘默)에 견디는 표정이 어떠한가 보고 싶기도 하다. 사철 지저귀는 가마귀, 참새를 위하여 분연히 편을 드는 장쾌한 대중시인이 나서고 보면 청각의 선민(選民)들은 꾀꼬리, 종다리 편이 아니 될 수도 없으니, 호사스런 귀를 타고난 것도 무슨 잘못이나 아닐까 모르겠다.

시를 위한 휴양이 도리혀 시작(詩作)보다도 귀하기까지 한 것이니, 휴양이 정체와 다른 까닭에서 그러하다. 중첩한 산악을 대한 듯한 침묵 중에서 이루어지는 계획이 내게 무섭기까지 하다.

시의 저축 혹은 예비 혹은 명일의 약진을 기하는 전야의 숙면─휴식도 도리혀 생명의 암암리의 영위로 들릴 수밖에 없다.

설령 역작이라도 다작(多作)일 필요가 없으니, 시인이 무슨 까닭으로 마소의 과로나 토끼의 다산을 본받을 것이냐.

감정의 낭비는 청춘병의 한 가지로서 다정(多情)과 다작을 성적(性的) 동기에서 동근이지(同根異枝)[421]로 봄직도 하다.

번번이 걸작은 고사하고 단 한 번이라도 걸작이란 예산(豫算)[422]으로 되는 것이 아니요 시작(詩作) 이후에 의외의 소득인 것뿐이다. 하물며 발표욕에 급급하여 범용(凡庸)한 다작이 무슨 보람을 세울 것인가. 오다가다 걸릴까 하는 걸작을 위하여 무수한 다작이 필요하다는 것일까. 나릇이 터가 잡히도록 계속하는 작문의 습관이 반듯이 시를 낳는다고 할 수 없으니, 다작과 남작(濫作)의 거리가 얼마나 먼 것일까. 혹은 말하기를 기악(器樂)에 있어서 부단한 연습이 필요함과 같이 시의 연습으로서 다작이 필요하다고. 기악가의 근면과 시인의 정진이 반드시 동일한 코스를 밟아서 될 것이 아니겠으나, 시를 정성껏 연습한다는 것을 구태여 책할 수도 없다. 범용의 완명(頑瞑)[423]한 마력(馬力)도 그도 또한 놀라울 노릇이 아닐 수도 없는 까닭이다. 그러나 연습과 발표를 혼동함에 있어서는 지저분하고 괴죄죄한 허영을 활자화한 것밖에 무엇을 얻어 볼 것이랴.

시는 수자의 정확성 이상에 다시 엄격한 미덕의 충일함이다. 완성, 조화, 극치의 발화(發花) 이하에서 저회(低徊)하는 시는 달이 차도록 근신하라.

첫째, 범용한 시문류(時文類)는 앉을 자리를 가릴 줄을 모른다. 유화 한 폭을 거는 화인(畵人)은 위치와 창명(窓明)과 배포(背布)까지에도 세심 용의하거늘, 소위 시인은 무슨 지면에든지 앉기가 급하게 주저앉는다. 성적 기사(記事)나 매약 광고와도 혼연히 이웃히는 것은 발표욕도 이에 이르러서는 시의 초속성(超俗性)을 논의하기가 도리혀 부끄러운 일이니, 원래 자신이 없는 다작이고 보니 지존이 있을 리 없다.

시가 명금(鳴禽)이 아니라 한철이 따로 있는 것이 아니겠으나, 될 때 되는 것이요 아니될 때는 좀처럼 아니되는 것을 시인의 무능으로 돌릴 것이 아니니, 신문소설 집필자로서 이러한 '무능'을 배울 수는 없는 일이다.

시가 시로서 온전히 제자리가 돌아빠지는 것은 차라리 꽃이 봉오리를 머금듯, 꾀꼬리 목청이 제철에 트이듯, 아이가 열달을 채서 태반을 돌아 탄생하듯 하는 것이니, 시를 또 한 가지 다른 자연현상으로 돌리는 것은 시인의 회피도 아니요 무책임한 죄로 다스릴 법도 없다. 무엇보다도 이러한 시적 기밀에 참가하야 그 당오(堂奧)[424]에 들어서기 전에 무용한 다작이란 도로(徒勞)에 그칠 뿐이요, 문장 탁마에도 유리할 것이 없으니, 단편적 영탄조의 일 어구 나열에 습관이 붙은 이는 산문에 옮기어서도 지저분한 버릇을 고치지 못하고 만다.

산문은 의무로 쓸 수 있다. 편집자의 제제(提題)를 즉시 수응(酬應)하는 현대 신문잡지문학의 청부자적(請負者的)[425] 문자기능이 시작(詩作)에 부여되지 못한 것이 한사(恨事)[426]도 아니려니와, 시가 의무로 이행될 수 없는 점에서 저널리즘과 절로 보조가 어그러지고 마는 것도 자연한 일이다. 시가 충동과 희열과 능동과 영감을 기달려서 겨우 심혈과 혼백의 결정을 얻게 되는 것이므로, 현대 저널리즘의 기대를 시에 두었다가는 초속도 윤전기가 한산한 세월을 보낼 수밖에 없다. 저널리즘이 자연 분분(紛紛)한 일상성적(日常性的) 산문, 잡필, 보도, 기사, 선전 등에 급급하게 된다. 이른바 산문시대라는 것이니, 산문시대에서 시의 자세는 더욱 초연히 발화(發花)할 뿐이다. 저널리즘의 동작이 빈번할 대로 하라. 맥진(驀進)[427]에 다시 치구(馳驅)[428]하라. 오직 예술문화의 순수와 영구(永久)를 조준(照準)하기 위하여 시는 절로 한층 고고한 자리를 잡지 않을 수 없는 필연성에 집착할 뿐이다.

이리하여 시인이 절로 다작과 발표에 과욕(寡慾)[429]하게 되므로 시에 정진하되 수험공부하듯이 초조하다든지 절제 없는 감상으로 인하여 혹은 독서 중에 경첩(輕捷)한 모방벽으로 인하여 즉시 시작(詩作)에 착수하는 짓을 삼가게 되는 것이요. 서서히 정열과 진정과 요설을 정리함에서 시를 조산(助産)하는 것이다.

가장 타당한 시작이란 구족된 조건 혹은 난숙한 상태에서 불가피의 시적 회임 내지 출산인 것이니, 시작이 완료한 후에 다시 시를 위한 휴양기가 길어도 좋다. 고인(古人)의 서(書)를 심독할 수 있음과 새로운 지식에 접촉할 수 있음과 모어(母語)와 외어(外語) 공부에 중학생처럼 굴종할 수 있는 시간을 이 시적 휴양기에서 얻을 수 있음이다. 그보다도 더 좋은 것을 얻을 수 있는 것은 바다와 구름의 동태를 살핀다든지, 절정에 올라 고산식물이 어떠한 몸짓과 호흡을 가지는 것을 본다든지, 들에 나려가 일초일엽(一草一葉)이, 벌레 울음과 물소리가 진실히도 시적 운율에서 떠는 것을 나도 따라 같이 떨 수 있는 시간을 가질 수 있음이다. 시인이 더욱이 이 시간에서 인간에 집착하지 않을 수 없다. 사람이 어떻게 괴롭게 삶을 보며 무엇을 위하여 살며 어떻게 살 것이라는 것에 주력하며, 신과 인간과 영혼과 신앙과 애(愛)에 대한 항시 투철하고 열렬한 정신과 심리를 고수한다. 이리하여 삶음과 죽음에 대하여 점점 단(段)이 승진되는 일개 표일(飄逸)[430]한 생명의 검사로서 영원에 서게 된다.

시의 옹호

사물에 대한 타당한 견해라는 것이 의외에 고립하지 않았던 것을 알았을 때 우리는 비로소 안도와 희열까지 느끼는 것이다. 한 가지 사물에 대하여 해석이 일치하지 않을 때 우리는 서로 쟁론하고 좌단(左袒)[431]할 수는 있으나, 정확한 견해는 논설 이전에서 이미 타당과 화협(和協)하고 있었던 것이요, 진리의 보루에 의거되었던 것이요, 편만(遍滿)[432]한 양식의 동지에게 암합(暗合)[433]으로 확보되었던 것이니, 결국 알 만한 것은 말하지 않기 전에 서로 알고 있었던 것이다. 타당한 것이란 천성(天成)[434]의 위의(威儀)를 갖추었기 때문에 요설(饒舌)[435]을 삼간다. 싸우지 않고 항시 이긴다.

왜곡된 견해는 고독할 수밖에 없다. 고독한 상태에서 명목(瞑目)[436] 못하는 것이 왜곡된 것의 비운이니, 견해의 왜곡된 것이란 영향이 크지 않을 정도에서일지라도 생명이 기분간(幾分間) 비틀어진 것이 되고 만다.

생명은 비틀어진 채 몸짓을 아니 할 수 없으니, 이러한 몸짓은 부질없이 소동(騷動)할 뿐이다.

비틀어진 것은 비틀어진 것과 서로 도당(徒黨)으로 얼리울 수 있으나, 일시적 서로 돌려가는 자위에서 화합과 일치가 있을 리 없다. 비틀어진 것끼리는 다시 분열한다.

일편의 의리(誼理)와 기분(幾分)[437]의 변론으로 실상은 다분(多分)의 질투와 훼상(毁傷)으로써 곤곤(滾滾)[438]한 장강대류(長江大流)를 타매(唾罵)[439]하고 돌아서서 또 사투(私鬪)[440]한다.

시도 타당한 것과 협화(協和)하기 전에는 말하자면 밟은 자리가 크게 옳은 곳이 아니고 보면 시 될 수 없다. 일간(一間) 직장도 가질 수 없는 시는 너무도 청빈하다. 다만 의로운 길이 있어 형자(荊莿)의 꽃을 탐하며 걸을 뿐이다. 상인(商人)이 부담하지 않아도 무방한 것을 예전에는 시인한테 과중히 지웠던 것이다. 청절(淸節), 명분, 대의, 그러한 지금엔 고전적인 것을. 유산 한푼도 남기지 않았거니와 취리(聚利)까지 엄금한 소크라테스의 유훈은 가혹하다. 오직 '선(善)의 추구'만의 슬픈 가업을 소크라테스의 아들은 어떻게 주체하였던 것인가.

시가 도리혀 병인 양하야 우심(憂心)[441]과 척의(慽意)[442]로 항시 불평(不平)한 지사는 시인이 아니어도 좋다. 시는 타당을 지나 신수(神髓)[443]에 사무치지 않을 수 없으니, 시의 신수에 정신지상의 열락이 깃들임이다. 시는 모름지기 시의 열락에까지 틈입(闖入)할 것이니, 세상에 시 한다고 흥얼거리는 인사의 심신(心神)이 번뇌와 업화(業火)에 끄실르지 않았스면 다행하다. 기쁨이 없이 이루는 우수한

208

사업이 있을 수 없으니, 지상의 정신비애(精神悲哀)가 시의 열락이라면 그대는 당황할 터인가?

자가(自家)의 시가 알리워지지 않는 것이 유쾌한 일일 수는 없으나, 온(慍)[444]하지 않아도 좋다.

시는 시인이 숙명적으로 감상(感傷)할 때 같이 그렇게 고독한 것이 아니었다. 시가 시고 보면 진정 불우한 시라는 것이 있지 않았으니, 세대(世代)에 오른 시는 깡그리 우우(優遇)[445]되고야 말았다. 시가 우우되고 시인이 불우하였던 것은 편만(遍滿)한 사실(史實)이다.

이제 그대의 시가 천문(天文)에 처음 나타나는 미지의 성신(星辰)[446]과 같이 빛날 때 그대는 희한히 반갑다. 그러나 그대는 훨씬 지상으로 떨어질 만하다. 모든 맹금류와 같이 노리고 있었던 시안(詩眼)을 두리고 신뢰함은 시적 겸양이다. 시가 은혜로 받은 것일 바에야 시안도 신의 허여하신 배 아닐 수 없다. 시안이야말로 기계적인 것이 아니라, 차라리 선의와 예지에서 굴절하는 것이요, 마침내 상탄(賞嘆)에서 빛난다. 우의와 이해에서 배양될 수 없는 시는 고갈할 수밖에 없으니, 보아줄 만한 이가 없이 높다는 시, 그렇게 불행한 시를 쓰지 말라. 시도 기껏해야 말과 글자로 사람 사는 동네에서 쓰여지지 않았던가. 부지하허(不知何許)의 일개 노구(老嫗)를 택하야 백낙천(白樂天)[447]은 시적 어드바이저로 삼았다든가.

시는 다만 감상(鑑賞)[448]에 그치지 아니한다.

시는 다시 애착과 우의를 낳게 되고, 문화에 대한 치열한 의무감에까지 앙양(昂揚)한다. 고귀한 발화(發花)에서 다시 긴밀한 화합에까지 효과적인 것이, 시가 마치 감람성유(橄欖聖油)의 성질을 갖추고 있다.

이에 불후의 시가 있어서 그것을 말하고 외이고 즐길 수 있는 겨레는 이방인에 대하야 항시 자랑거리니, 겨레는 자랑에서 화합한다. 그 겨레가 가진 성전(聖典)이 바로 시로 쓰여졌다.

문화욕(文化慾)에 치구(馳驅)하는 겨레의 두뇌는 다분히 시적 상태에서 왕성하다. 시를 중추(中樞)에서 방축(放逐)한 문화라는 것은 생각조차 할 수 없다. 성급한 말이기도 하나 시가 왕성한 국민은 전쟁에도 강하다.

감밀(甘蜜)을 위하야 영영(營營)[449]하는 봉군(蜂群)의 본능에 경이를 느낄 만하다면 시적 욕구는 인류에 있어서 가장 우수한 본능이 아닐 수 없다.

부지런한 밀봉(蜜蜂)[450]은 슬퍼할 여가가 없다. 시인은 먼저 근면하라.

문자와 언어에 혈육적 애(愛)를 느끼지 않고서 시를 사랑할 수 없다. 사랑은 커니와 시를 읽어서 문맥에도 통하지 못하나니 시의 문맥은 그들의 너무도 기사적인(記事的)인 보통상식에 연결되기는 부적(不適)한 까닭이다. 상식에서 정연한 설화(說話), 그것은 산문에서 찾으라. 예지에서 참신한 영해(嬰孩)[451]의 눌어(訥語),[452] 그것이 차라리 시에 가깝다. 어린아이는 새말밖에 배우지 않는다. 어린아이의 말은 즐겁고 참신하다. 으레 쓰는 말일지라도 그것이 시에 오르면 번번히 새로 탄생한 혈색에 붉고 따뜻한 체중을 얻는다.

시인은 구극(究極)에서 언어문자가 그다지 대수롭지 않다. 시는 언어의 구성이기보다 더 정신적인 것의 치열한 정황 혹은 왕일(旺溢)한 상태 혹은 황홀한 사기(士氣)임으로 시인은 항상 정신적인 것에서 정신적인 것을 조준(照準)한다. 언어의 종장(宗匠)[453]은 정신적인 것까지의 일보 뒤에서 세심(細心)할 뿐이다. 표현의 기술적인 것은 차라리 시인의 타고난 재간 혹은 평생 숙련한 완법(腕法)[454]의 부지중의 소득이다. 시인은 정신적인 것에 신적 광인처럼 일생을 두고 가엾이도 열렬하였다. 그들은 대개 하등의 프로페셔널에 속하지 않고 말았다. 시도 시인의 전문이 아니고 말았다.

정신적인 것은 만만하지 않게 풍부하다. 자연, 인사(人事), 사랑, 죽음 내지 전쟁, 개혁, 더욱이 덕의적(德義的)인 것에 멍이 든 육체를 시인은 차라리 평생 지녀야 하는 것이, 정신적인 것의 가장 우위에는 학문, 교양, 취미, 그러한 것보다도 '애(愛)'와 '기도'와 '감사'가 거(據)한다. 그러므로 신앙이야말로 시인의 일용할 신적(神的) 양도(糧道)[455]가 아닐 수 없다.

정취(情趣)의 시는 한시에서 황무지가 완전히 없어지고 말았으리라. 진정한 '애'의 시인은 기독교문화의 개화지 구라파에서 족출(簇出)하였다. 영맹(獰猛)[456]한 이교도일지라도, 그가 지식인일 것이면 기독교문화를 다소 반추하는 것임에 틀림없다.

신은 애(愛)로 자연을 창조하시었다. 애에 협동하는 시의 영위는 신의 제2창조가 아닐 수 없다.

이상스럽게도 시는 사람의 두뇌를 통하여 창조하게 된 것을 시인의 영예로 아니할 수가 없다.

회화, 조각, 음악, 무용은 시의 다정한 자매가 아닐 수 없다. 이들에서 항시 환희와 이해와 추이(推移)를 찾을 수 없는 시는 화조월석(花朝月夕)[457]과 사풍세우(乍風細雨)[458]에서 끝나고 말았다. 그러나 이러한 것들의 구성, 조형(造型)에 있어서는 흔히 손이 둔한 정신의 선수(選手)만으로도 족하니 언어와 문자와 더욱이 미(美)의 원리와 향수(享受)에서 실컷 직성을 푸는 슬픈 청빈의 기구를 가진 시인은 마침내 비평에서 우수한 성능(性能)을 발휘하고 만다.

시가 실제로 어떻게 제작되느냐. 이에 답하기는 실로 귀치않다. 시가 정형적 운문에서 메별(袂別)[459]한 이후로 더욱 곤란한 질문이 아닐 수 없다. 그것은 차라리 도제가 되어 종장(宗匠)의 첨삭을 기다리라.

시가 어떻게 탄생되느냐. 유쾌한 문제다. 시의 모권(母權)을 감성에 돌릴 것이냐 지성에 돌릴 것이냐. 감성에 지적 통제를 경유하느냐. 혹은 의지의 결재(決裁)를 기다리는 것이냐. 오인(吾人)의 어떠한 부분이 시작(詩作)의 수석(首席)이 되느냐. 또는 어떠한 국부(局部)가 이에 협동하느냐.

그대가 시인이면 이따위 문제보다도 달리 총명(聰明)할 데가 있다.

비유는 절뚝바리. 절뚝바리 비유가 진리를 대변하기에 현명한 장녀(長女) 노릇 할 수가 있다.

무성한 감람(甘藍) 한 포기를 들어 비유에 올리자. 감람 한 포기의 공로를 누구한테 돌릴 것이냐. 태양, 공기, 토양, 우로(雨露), 농부, 그들에게 깡그리 균등하게 논공행상하라. 그러나 그들 감람을 배양하기에 협동한 유기적 통일의 원리를 더욱 상찬하라.

감성으로, 지성으로, 의력(意力)으로, 체질로, 교양으로, 지식으로, 나중에는 그러한 것들 중의 어느 한 가지에도 기울리지 않는 통히 하나로 시에 대진(對陣)하는 시인은 우수하다. 조화는 부분의 비협동적 단독행위를 징계한다. 부분의 것을 주체하지 못하여 미봉한 자취를 감추지 못하는 시는 남루하다.

경제사상이나 정치열에 치구(馳驅)하는 영웅적 시인을 상탄(賞嘆)한다. 그러나 그들의 시가 음악과 회화의 상태, 혹은 운율의 파동, 미의 원천에서 탄생한 기적의 아(兒)가 아니고 보면 그들은 사회의 명목(名目)으로 시의 압제자에 가담하고 만다. 소위 종교가도 무모히 시에 착수할 것이 아니니, 그들의 조잡한 파아나티슴[460]이 시에서 즉시 들어나는 까닭이다. 종교인에게도 시는 선발된 은혜에 속하는 까닭이다.

시학과 시론에 자주 관심할 것이다. 시의 자매 일반예술론에서, 더욱이 동양화적 화론(畵論)에서 시의 향방을 찾는 이는 비뚤은 길에 들지 않는다.

경서, 성전류를 심독하야 시의 원천에 침윤하는 시인은 불멸한다.

시론으로 그대의 상식의 축적을 과시하느니보다는 시 자체의 요설(饒舌)의 기회를 주라. 시는 유구한 품위 때문에 시론에 자리를 옮기어 지껄일 찬스를 얻음직하다. 하물며 타인을 훼상하기에 악용되는 시론에서야 시가 다시 자리를 옮기지 않을 수 없었던 것이니 열정(劣情)은 시가 박탈된 가엾은 상태다. 시인이면 어찌하여 변설(辯說)로 혀를 뜨겁게 하고 몸이 파리하느뇨. 시론이 이미 체위화(體位化)⁴⁶¹하고 시로 이기었을 것이 아닌가.

시의 기법은 시학, 시론, 혹은 시법(詩法)에 의탁하기에는 그들은 의외에 무능한 것을 알리라. 기법은 차라리 연습, 숙통(熟通)에서 얻는다.

기법을 파악하되 체구(體軀)⁴⁶²에 올리라. 기억력이란 박약한 것이요, 손끝이란 수공업자에게 필요한 것이다.

구극(究極)에서는 기법을 망각하라. 탄회(坦懷)⁴⁶³에서 우유(優遊)⁴⁶⁴하라. 도장에 서는 검사(劍士)는 움지기기만 하는 것이, 혹은 거기 거저 섰는 것이 절로 기법이 되고 만다. 일일이 기법대로 움지기는 것은 초보. 생각하기 전에 벌써 한 대 얻어맞는다. 혼신의 역량 앞에서 기법만으로는 초조하다.

진부한 것이란 구족(具足)한 기구(器具)에서도 매력이 결핍된 것이다. 숙련에서 자만하는 시인은 마침내 매너리스트로 가사 제작에 전환하는 꼴을 흔히 보게 된다. 시의 혈로는 항시 저신타개(抵身打開)가 있을 뿐이다.

고전적인 것을 진부로 속단하는 자는 별안간 뛰어드는 야만일 뿐이다.

꾀꼬리는 꾀꼬리 소리밖에 발하지 못하나 항시 새롭다. 꾀꼬리가 숙련에서 운다는 것은 불명예이리라. 오직 생명에서 튀어나오는 항시 최초의 발성이야만 진부하지 않는다.

무엇보다도 돌연한 변이(變異)를 꾀하지 말라. 자연을 속이는 변이는 참신할 수 없다. 기벽(奇癖)스런 변이에 다소 교활한 매력은 갖출 수는 있으나, 교양인은 이것을 피한다. 귀면경인(鬼面驚人)이라는 것은 유약한 자의 슬픈 괘사⁴⁶⁵에 지나지 않는다. 시인은 완전히 자연스런 자세에서 다시 비약할 뿐이다. 우수한 전통이야말로 비약의 발 디딘 곳이 아닐 수 없다.

시인은 생애에 따르는 고독에 입문 당시부터 초조하여서는 사람을 버린다. 금강석은 석탄층에 끼웠을 적에 더욱 빛났던 것이니, 고독에서 온통 탈각(脫殼)할 것을 차라리 두리라. 시고(詩稿)를 끌고 항간매문도(巷間賣文徒)⁴⁶⁶의 문턱을 넘나드는 것은 주책이 없다. 소위 비평가의 농락조 월단(月旦)⁴⁶⁷에 희구(喜懼)⁴⁶⁸하는 것은 가엾다. 비평 이전에서 그대 자신에서 벌써 우수하였음 즉하다.

그처럼 소규모의 분업화가 필요하지 않다. 시인은 여력으로 비평을 겸하라.

일찍이 시의 문제를 당로(當路)⁴⁶⁹한 정당(政黨) 토의(討議)에 위탁한 시인이 있었던 것을 듣지 못하였으나, 시와 시인을 다소 정략적 지반운동(地盤運動)으로 음모하는 무리가 없지도 않으니, 원인까지의 거리가 멀지 않다. 그들은 본시 시의 문외(門外)에 출산한 문필인이요, 그들의 시적 견해는 애초부터 왜곡되었던 것이다.

비틀어진 것은 비틀어진 대로 그저 있지 않고 소동(騷動)한다.

시인은 정정한 거송(巨松)이어도 좋다.
그 위에 한 마리 맹금(猛禽)이어도 좋다.
굽어보고 고만(高慢)하라.

정지용의 연보

1902년(1살): 충청북도 옥천에서 한약상 정태국(鄭泰國)과 정미하(鄭美河)의 맏아들로 태어남. 아명은 어머니의 태몽에 용이 나왔다 하여 지룡(池龍)으로 지어짐. 나중에 이 아명의 발음을 살려 필명을 지용(芝溶)으로 함.

1910년(9살): 옥천공립보통학교에 입학.

1913년(12살): 동갑인 송재숙(宋在淑)과 결혼.

1914년(13살): 옥천공립보통학교 졸업. 아버지의 영향으로 가톨릭에 입교. 세례명은 '방지거(프란치스코)'.

1915년(14살): 처가의 친척인 송지헌의 서울 집에서 기숙.

1918년(17살): 휘문고등보통학교에 입학. 서울 창신동 소재 유필영의 집에 기거. 교내 잡지 〈요람(搖籃)〉에 참여. 김영랑, 박팔양, 이태준 등과 교류.

1919년(18살): 학내 문제에 관한 집회와 관련해 무기정학을 받았으나 얼마 뒤 복학 조치됨. 12월 동인지 〈서광(瑞光)〉의 창간호에 단편소설 〈삼인(三人)〉 발표. 이것이 처녀작이자 유일한 소설 작품임.

1922년(21살): 문우회 학예부장으로 〈휘문〉 편집위원이 됨. 시 〈풍랑몽(風浪夢)〉을 씀. 이것이 첫 시작이다. 이즈음 거처는 아버지의 친구 유복영의 서울 집.

1923년(22살): 휘문고보를 졸업하고 휘문고보 교비 유학생으로 일본 교토의 도시샤대학(同志社大學) 예과에 입학.

1924년(23살): 시 〈석류〉, 〈Dahlia〉, 〈산엣 색시 들녁 사내〉 등을 씀.

1925년(24살): 시 〈샛밝안 기관차〉, 〈바다〉 등을 씀.

1926년(25살): 예과를 수료하고 영문학과에 입학. 교토 지역 유학생 회지인 〈학조(學潮)〉의 창간호에 시 〈카페 프란스〉, 〈파충류 동물〉 등을 발표. 일본 문예지 〈근대풍경(近代風景)〉에 일본어로 쓴 시를 다수 발표.

1927년(26살): 교토와 옥천을 오가며 시 〈향수〉, 〈오월소식〉, 〈태극선에 날리는 꿈〉 등을 써서 발표.

1928년(27살): 맏아들 구관(求寬) 태어남.

1929년(28살): 도시샤대학 영문과를 졸업하고 귀국하여 휘문고보에 영어 교사로 부임. 이후 16년간 휘문고보에 재직함.

1930년(29살): 〈시문학〉에 동인으로 참여함. 〈이른 봄 아침〉, 〈유리창〉, 〈피리〉, 〈갑판 우〉 등 다수의 시 발표.

1931년(30살): 둘째아들 구익(求翼) 태어남.

1932년(31살): 시 〈난초〉, 〈고향〉, 〈바람〉 등을 발표.

1933년(32살): 셋째아들 구인(求寅) 태어남. 새로 창간된 〈가톨릭청
년〉의 편집을 도우면서 시인 이상(李箱)을 세상에 알림. 문학
친목단체 '구인회(九人會)'에 참여. 구인회의 창립회원 9인은
정지용 외에 이종명, 김유영, 이효석, 이무영, 유치진, 이태준,
조용만, 김기림. 시 〈해협의 오전 2시〉, 〈임종〉 〈비로봉〉 등을
발표.

1934년(33살): 서울 종로구 재동으로 이사. 큰딸 구원(求園) 태어남.

1935년(34살): 첫 시집 《정지용 시집》을 시문학사에서 출간.

1937년(36살): 산문과 기행문 다수 발표. 서울 서대문구 북아현동으
로 이사.

1938년(37살): 시, 산문, 평론, 영시 번역 등 다수 발표.

1939년(38살): 아버지 정태국 별세. 새로 창간된 문학잡지 〈문장
(文章)〉에 참여해 시 부문 심사위원을 맡음. 이후 박목월, 조
지훈, 박두진 등 청록파(青鹿派) 시인을 추천. 이때 이태준은
〈문장〉의 소설 부문 심사위원을 맡음. 〈백록담〉 등 여러 편의
시와 〈시의 옹호〉 등 여러 편의 평론, 수필 등을 발표.

1940년(39살): 길진섭(吉鎭燮) 화백과 함께 선천, 의주, 평양, 오룡
배 등을 여행하면서 기행문 〈화문행각〉을 써서 발표.

1941년(40살): 〈문장〉에 시 〈조찬〉, 〈진달래〉, 〈인동차〉 등을 발
표. 두 번째 시집 《백록담》을 문장사에서 발간.

1944년(43살): 일본이 연합군의 폭격에 대비해 서울에 소개령을 내

리자 부천군 소사로 이사.

1945년(44살): 광복 후 휘문중학교 교사를 그만두고 이화여자전문학교 교수로 옮겨 가 한국어, 영어, 라틴어의 강의를 맡음.

1946년(45살): 서울 돈암동으로 이사. 어머니 정미하 별세. 문학단체 조선문학가동맹의 중앙집행위원 겸 아동문학분과 위원장에 추대됨. 이화여전이 이화여자대학교로 개칭된 뒤 이화여대 교수를 그만두고 〈경향신문〉 주간으로 취임.

1947년(46살): 〈경향신문〉 주간을 사임하고 이화여대 교수로 복직. 서울대 문리과에 강사로 출강하여 《시경(詩經)》을 강의.

1948년(47살): 이화여대 교수를 사임하고 녹번리의 초당에 은거. 박문출판사에서 산문집 《지용 문학독본》 출간.

1949년(48살): 대한민국 정부 수립 후 좌익전력 인사들의 사상적 선도를 명분으로 설립된 국민보도연맹에 가입하여 '전향강연'에 종사. 동지사에서 산문집 《산문》 출간.

1950년(49살): 월간지 〈문예〉에 시 〈곡마단〉과 〈사사조 오수〉 발표. 6·25전쟁 발발 후 서울에서 인민군 정치보위부에 의해 서대문형무소에 수감됐다가 행방불명됨. 이후 행적에 대해서는 월북설, 납북설, 월북 중 폭사설, 미군에 의한 피살설 등이 있음.

주석

1 이태준(李泰俊, 1904~?). 소설가. 1946년에 월북해 작품활동을 계속하다가 1956년 숙청당한 것으로 알려져 있다. 일제시대에 '시는 정지용, 산문은 이태준' 이라는 말이 나돌 정도로 산문에 능한 작가로 평가됐다.
2 '수수어(愁誰語)' 라는 말이 무슨 뜻인지에 대해서는 정설이 없다. '나의 근심을 누구에게 말하리오' 라는 뜻으로 받아들이는 이도 있고, '누군가를 근심하며 하는 말' 이라는 뜻으로 받아들이는 이도 있다. 그런가 하면 '수수한 말' 이라는 우리말 표현을 한자로 옮긴 것이라고 보는 이도 있다.
3 애꾸눈의 방언.
4 크고 툭 불거진 눈을 가진 사람.
5 돌아 봄.
6 몸가짐을 삼가며 우두커니 서 있음.
7 어차피.
8 scene. 장면.
9 스며 나옴.
10 산뜻하고 고움.
11 봄누에. 봄에 치는 누에.
12 누에에게 마지막으로 주는 먹이.
13 막잠. 누에의 마지막 잠.
14 《시경(詩經)》을 주석한 책.
15 삼에서 실을 뽑아내기.
16 오이.
17 중국 남송(南宋)의 시인. 호는 석호거사(石湖居士). 1126~1193.

18 보리를 거두어들이는 일.

19 띠집. 지붕을 띠로 인 집.

20 防川. 냇둑, 즉 냇물이 넘치는 것을 막기 위해 냇가에 쌓은 둑.

21 중국 북송(北宋)의 정치가, 문인. 1021~1086.

22 중국 북송의 정치가, 역사가. 1019~1086.

23 중국 땅.

24 샅샅이.

25 Charles-Pierre Baudelaire. 프랑스의 시인, 비평가. 1821~1867.

26 내어 올려온.

27 염소.

28 행동거지의 준말.

29 한가하고 느긋함.

30 소나무.

31 백모란.

32 톱니바퀴.

33 이집트.

34 Zeppelin. 부양용 수소가스 주머니와 공기력을 받는 선체를 분리시킨 형태로 만들어
진 경식 비행선.

35 옆으로 늘어선 진.

36 밤에 보는 대변.

37 섣달 그믐날 저녁에 한 해를 보내는 인사로 하는 절.

38 메추라기.

39 솔포대기.

40 수두의 방언.

41 천연두로 인해 몸에 열이 나면서 피부에 붉은 반점이 돋는 것.

42 간질병.

43 궁금해.

44 학교에서 그날 공부 시작을 알리는 종.

45 잔잔하고 한가로운.

46 바른대로 말하지 않고.

47 실을 켤 수 없는 허드레 고치를 삶아서 늘여 만든 솜.

48 병에 걸린 어버이를 위해 약시중을 듦.

49 본디부터 가지고 있던 병.

50 얇게 저민 고기나 생선에 밀가루에 묻혀 기름에 지져 만든 음식.

51 지기지우(知己之友)의 준말. 자기의 속마음을 알아주는 친구.

52 그날이야말로. 그날따라.

53 은으로 도금한 잔.

54 금강산에 있는 바위산.

55 금강산에 있는 계곡.

56 겨울의 금강산을 이르는 말.

57 음률을 넣어 읊조림.

58 겨누기.

59 두 뺨과 턱에 세 갈래로 난 수염.

60 숨 쉬는 기운.

61 행동거지.

62 죽은 이를 떠나보낸 기록.

63 1892년에 지금의 서울시 중구 중림동에 지어진 한국 최초의 천주교 성당.

64 견사. 누에고치에서 켠 실.

65 울타리 안.

66 고개.

67 시인 김윤식(1903~1950)의 호.

68 적지 않게 들.

69 장례를 지낸 뒤에 신주를 집으로 모셔오는 것.

70 마르쿠스 툴리우스 키케로. 고대 로마의 문인, 철학자, 정치가. 기원전 106~43.

71 울타리로 쓰기 위해 갈대나 싸리 따위를 엮은 것.

72 중국 당나라의 시인. 712~770.

73 뻐꾸기.

74 어색하게.

75 물을 퍼붓듯이 세차게 내리는 비.

76 그림자조차 끊어짐.

77 附椽끝. 목조 건축물에서 처마서까래 끝에 덧얹는 짧은 서까래의 끝부분.

78 대기하는 모양새.

79 미리 셈함.

80 마지막 전차.

81 군대.

82 학교대항 경기.

83 엄숙하고 조용하게.

84 즐겁게 웃으며.

85 나비.

86 부러워하고 사모함.

87 먼 거리에서 애써 더듬어 찾는 듯한.

88 일시적으로 설치한 음식점.

89 barbarism. 야만성.

90 Door. 문.

91 일본 사람들이 길고 큼직하게 만들어 입는 솜옷.

92 음침하고 참혹함.

93 얼굴이나 알 정도로 사귄 교분.

94 화장품.

95 은으로 만들어진 돈.

96 종이로 만들어진 돈.

97 술집.

98 온몸을 감싼 화려한 옷차림.

99 나비.

100 애절하게 탄식하고 한탄함.

101 무사.

102 아름답게 타고난 여성.

103 머리의 뒷부분.

104 상서로운 기운.

105 가난하고 고생스러움.

106 흘러보내 잃음.

107 네 방향의 거리로 두루 통하는.

108 좁은 골짜기 길.

109 혈관에 문제가 생겨 피의 흐름이 원활하지 못한 병.

110 사각모자. 학생신분을 상징하는 말.

111 마저.

112 독살스럽고 야멸치게.

113 음반.

114 소리의 그늘.

115 성가실 정도로 은근히 자꾸 귀찮게 구는.

116 감.

117 엽전의 크기.

118 손님.

119 가뿐하고 날쌔게.

120 가모가와(かもがわ). 일본 교토 시내를 흐르는 강.

121 압천의 중류 지역.

122 압천의 하류 지역.

123 달맞이꽃.

124 유젠. 염색의 일종.

125 일본의 소설가이자 영문학자인 나쓰메 소세키(夏目漱石, 1867~1916)를 가리킴.

126 여뀌풀.

127 시인 겸 평론가였던 박팔양(朴八陽, 1905~1966)의 필명. 1947년에 월북.

128 일본 에도시대의 풍속화가 우타가와 히로시게(歌川廣重, 1797~1858)와 같은 부류.

129 우키요에(浮世繪). 서민생활을 소재로 했던 14~19세기 일본 회화의 한 양식.

130 아래.

131 대나무 숲.

132 하루 품삯.

133 여섯 자 입방의 흙을 파내는 데 일정한 단가를 정하여 주는 도급의 한 형식.

134 돌덩이 따위의 무거운 물건을 얽어맨 밧줄에 몽둥이를 꿰고 그 몽둥이를 두 사람 이 상이 어깨에 메고 나르는 일.

135 직접.

136 눈.

137 모직물의 일종인 서지(serge) 천으로 만든 양복.

138 남자용 일본옷의 하나.

139 실없는 말로 농지거리를 하는 짓.

140 산에서 나는 고기와 들에서 나는 채소.

141 consist of two stones.

142 봄이 시작되는 음력 정월.

143 한가롭고 우아함.

144 습관.

145 호드기의 방언. 호드기는 버들피리처럼 나뭇가지로 만들어 부는 장난감.

146 호마. 중국에서 난 말.

147 곱고 아름다운.

148 조선시대에 밤마다 도성의 문을 닫고 사람들의 통행을 금지하기 시작함을 알리기 위해 종을 치던 누각. 그와 같은 목적으로 치는 종은 '인정(人定)' 또는 '인경' 이라는 이름으로 불렸다.

149 서울의 4대문 가운데 서쪽 문이었던 '돈의문(敦義門)' 의 다른 이름. 서대문으로도 불렸다. 1915년 일제의 도시계획에 따른 도로확장 공사로 인해 철거됐다. 숭례문(남대문), 흥인문(동대문) 등보다 나중에 새로 지었다는 뜻으로 돈의문을 '새문' 이라고 불렀다고 한다.

150 거리에 상점들이 늘어서 있는 자리.

151 기름을 태워서 빛을 내는 등.

152 네모로 각진 형태의 등.

153 순라군. 조선시대에 밤과 새벽의 통행금지 시간에 도성 안을 순찰하던 군사.

154 양반이 가마를 타고 갈 때 가마 앞에 내세우던 노비.

155 가마꾼.

156 장옷짜리. 장옷을 뒤집어쓴 여자. 장옷은 조선시대 때 여자가 집밖에 나갈 때 얼굴을 가리기 위해 얼굴에서부터 내려 쓰던 옷.

157 가죽신.

158 약방문.

159 작은 터럭만큼도. 조금도.

160 제사도구 등을 파는 상점. 종로구 청진동 일대.

161 중치막. 조선시대에 벼슬을 하지 않은 선비가 입던 겉옷.

162 조선시대 때 선비가 중치막 안에 입던 웃옷.

163 무명 또는 무명옷.

164 기름을 먹이지 않은 가죽신.

165 무리바닥. 쌀을 물에 불린 뒤 갈아서 체로 받쳐 가라앉힌 앙금, 즉 '무리' 를 먹인 신발 바닥.

166 미투리. 삼이나 노끈 등으로 짚신처럼 삼은 신.

167 새려. '커녕' 또는 '~는 물론이고' 와 같은 뜻임.

168 갓의 원통 부분.

169 서울의 종로 거리를 중심으로 양쪽에 벌여 있었던 가게 뒤쪽의 좁은 골목.

170 因忽不見. 갑자기 없어져 보이지 않음.

171 땅바닥에 힘껏 내리친.

172 새벽 4시께 통행금지 해제를 알리기 위해 치던 종.

173 점점이 흩어졌지만 서로 이어져 있는 그림과 글.

174 주장이 있는 의견.

175 두 가지 이상의 실을 섞어서 짠 직물.

176 곡식의 양을 재도록 관에서 낙인을 찍어 공인해서 만든 측량용 되.

177 배치하고 갖춤.

178 무엇보다 먼저.

179 얼마 아니 됨. 조금도.

180 느닷없이 들어감.

181 vandalist. 예술이나 문화를 파괴하는 사람.

182 메추라기. 메추리.

183 백정.

184 빛이나 경치가 통합.

185 놀랍거나 괴이쩍다는 생각에 눈을 둥그렇게 뜨고 쳐다봄.

186 이브.

187 작은 새.

188 눈물을 머금음.

189 황해도에 속한 안악군 일대의 지명.

190 7일째.

191 사적으로 처방한 약.

192 약방문.

193 곰국 또는 곰탕.

194 귤껍질 하나로 만든 즉효 약. 진피는 약재로 쓰는 귤껍질.

195 힘들여 하지 않아도 저절로 변하여 잘 이루어짐.

196 방 가득히.

197 돌리는 술잔.

198 두 귀.

199 붉은 머리를 가진 학.

200 네 칸짜리 길쭉한 방.

201 황해도 봉산군에 있는 고려시대의 성.

202 농사일을 하면서 부르는 황해도 농요의 하나. '밭을 돌보다' 라는 뜻의 황해도 방언인 '감내다' 에서 파생된 말.

203 속으로 곯거나 삭은.

204 황해도 신천군 일대의 평야.

205 한자 서체의 하나로 신속하게 흘려 쓰는 것.

206 약방문.

207 서울 종로구 적선동의 일제 때 이름.

208 舍館. 하숙.

209 부디.

210 지청구. 남을 탓하고 원망하는 짓.

211 여기서 '한 되'는 '술 한 되'를 가리키는 것으로 보임.

212 택시.

213 여기서 '문서(文書)가 있어야'는 '원칙과 따짐이 있어야' 정도의 뜻임.

214 마음의 병. 마음 속의 근심.

215 효과.

216 보약.

217 집안과 나라.

218 저자.

219 헤아려 짐작하기 어려움.

220 한 되짜리 술병.

221 아지랑이나 구름처럼 피어오름.

222 반찬을 만드는 방. 부엌.

223 藥念. 양념.

224 감기의 높임말.

225 마음이 상쾌하지 않고 답답함.

226 술에 취하여 거나함.

227 에비나(えびな). 일본의 드문 성(姓) 가운데 하나.

228 감기.

229 소리, 파도, 감정 등이 격하고 높음.

230 貫珠. 글을 평가할 때 잘된 곳에 치는 동그라미.

231 학생들의 성적이나 행실 등을 적어두는 교사의 수첩.

232 일본 왕이 사는 곳.

233 산쥬산겐도. 일본 교토에 있는 절.

234 정지용(鄭芝溶)을 일본식 발음으로 읽은 소리.

235 어빈(Irvin).

236 몸과 목숨.

237 시기할세라. 질투할세라.

238 무늬.

239 고려 말의 문신이자 학자였던 정몽주(鄭夢周, 1337~1392)를 가리킴. 포은은 정몽주의 호.

240 중국 청나라의 관리.

241 남의 어머니를 높여 부르는 말.

242 나라의 변경을 지키는 일 또는 그러한 일을 하는 자리.

243 깊숙하고 그윽함.

244 중국 동진과 송나라 시대의 시인. 365~427.

245 한 집안에 딸린 사람들, 즉 처자와 노비 등.

246 治産. 재산을 다스림.

247 도연명의 시호.

248 두 번째 왕비.

249 한글로 써서 내린 글.

250 만력(萬曆)은 중국 명나라 신종(1572~1620)의 연호.

251 조선시대 한양의 행정구역 가운데 하나.

252 1585년으로 추정됨.

253 친족.

254 천연두.

255 시름이나 걱정.

256 편지 쓰는 법.

257 화선지. 서화에 쓰는 종이.

258 '커녕'이라는 뜻을 지닌 '새로에'의 방언.

259 透得. 환하게 깨달음.

260 靈神丸. 소화가 잘 안되고 헛배가 부르고 아플 때 먹는 환약.

261 風度. 풍채와 태도.

262 悲愴. 마음이 아프고 서운함.

263 '속새'의 방언. 속새는 관다발식물 속새목 속새과로 분류되는 풀.

264 사루마타(猿股, さるまた)는 팬티, 속잠방이를 뜻하는 일본말.

265 서양여자.

266 버터.

267 교토.

268 족보에 관한 학문.

269 ebonite. 경질고무. 생고무 100에 황을 30 이상 첨가한 고무.

270 가야금 산조의 명인인 함금덕(咸金德, 1917~1995)의 예명.

271 키가 작고 가지가 뻗어서 퍼진 소나무.

272 시적 취미.

273 꽃꼭지 또는 꽃자루.

274 꽃잎.

275 나무의 껍질.

276 온몸 가득.

277 한 자 반 정도.

278 하늘이 이루어놓음.

279 정조와 절개가 곧고 굳셈.

280 분에 못 이겨 죽음.

281 집 떠나는 즐거움.

282 집안의 여러 가지 잡일과 걱정.

283 망아지.

284 아닌 게 아니라 과연.

285 흑인 노예.

286 등에 지는 자루. 배낭.

287 백화점.

288 말수가 적음.

289 일부러.

290 학생.

291 마음속에.

292 칡의 섬유로 짠 베.

293 청춘.

294 큰 곰 별자리.

295 감탄의 말.

296 ゆかた(浴衣), 일본 사람들이 아래위로 걸쳐 입는 두루마기형 무명 옷.

297 たび(足袋), 일본식 버선.

298 설령.

299 절해고도(絶海孤島)의 준말. 먼 바다의 외딴 섬.

300 신방(新房). 혼례식을 마치고 신랑과 신부가 첫날밤을 보내도록 차린 방.

301 색깔을 들인 초. 동방과 화촉을 동방화촉(洞房華燭)이라고 붙여 쓰면 혼례를 치른 뒤에 신랑과 신부가 한 방에서 첫날밤을 보내는 의식을 가리킴.

302 호두.

303 나머지.

304 매우 엄격하고 격렬함.

305 큰 배에 딸린 작은 배.

306 배를 댈 수 있도록 쌓은 방파제.

307 얼굴의 생긴 모습.

308 탱자.

309 토질.

310 명주실로 바탕이 좀 거칠게 짠 비단.

311 얼굴 생김새가 두툼하고 고움.

312 칡의 섬유로 짠 베.

313 삼베.

314 떨어져 있는 것을 주움.

315 불치의 병.

316 한없이 넓어 아득함.

317 미터.

318 A bargain's a bargain. 계약은 계약.

319 '속곳' 의 제주도 방언.

320 겨울의 석 달.

321 성정이 가라앉아 진득함.

322 털실.

323 술집과 기생집.

324 벽돌.

325 기부.

326 마련하여 냄.

327 한 사람당.

328 우리나라의 중사에 해당하는 일본 육군의 하사관 계급.

329 봄날의 우레.

330 陣外家. 아버지의 외가.

331 '처녀' 의 사투리.

332 안부를 물으며 하는 인사.

333 앵두.

334 하얀 갱지.

335 날씨의 춥고 더움을 묻는 인사.

336 의식(儀式)의 진행을 맡음.

337 유리를 끼운 창.

338 무리 가운데.

339 의심스럽고 이상하게 여김.

340 요릿집.

341 콘테스트(contest)로 추정됨.

342 프로그램.

343 평안북도 의주군 의주읍 압록강변 삼각산 위에 있는 누각. 관서팔경(關西八景) 중 하나.

344 만주의 압록강 연안에 있는 옛 성. 의주의 맞은편에 있는 촌락.

345 담화와 의논이 계속 나와 활발하게 계속됨.

346 타령의 첫째 곡.

347 '숱한 환영 받는' 으로 추정됨.

348 つめえり(詰襟). 깃의 높이를 올려 목을 둘러 여미게 만든 양복. 주로 학생복으로 많이 이용됐다.

349 평양.

350 차 숟가락.

351 '저쪽' 의 방언.

352 at random.

353 화가 김용준(金瑢俊, 1904~67)으로 추정됨.

354 화가 김환기, 1913~74.

355 비애감의 표현.

356 검은 나방.

357 어버이나 어버이만큼 존경하는 분의 내외.

358 쉼표.

359 Tuberculosis의 약자. 폐결핵.

360 續貂. 훌륭한 사람에 변변치 못한 사람이 뒤따름.

361 굳세고 사나움.

362 모질고 사나움.

363 사주점을 칠 때 보는 중국 책.

364 목탄화를 그릴 때 쓰는 종이.

365 だらしない. 변변치 못하다.

366 우정. 일부러.

367 ケット. blanket.

368 원래는 하부타에(はぶたえ, 羽二重). 질 좋은 생사로 짠 결이 곱고 흰 견직물.

369 どてら. 襢袍. 기모노(着物)보다 좀 길고 큼직하게 만든 솜옷.

370 여기서 '노조미(望み)' 와 '대륙(大陸)' 은 1930년대에 운행되기 시작한 장거리 급행 열차의 이름이다. 각각 부산과 만주, 부산과 중국을 연결했다.

371 평양 동쪽에 있던 역 이름.

372 일터나 고용기간이 일정하지 않고 그때그때 일감이 있으면 자기 뜻대로 일하는 노동자. 부두, 항만, 건설 등의 분야에서 일하는 일용 노동자나 지게꾼처럼 개인적 용역을 제공하는 노동자.

373 등만 덮을 만하게 걸쳐 입는 옷.

374 옷차림.

375 말하는 기세나 태도. 말씨.

376 치마.

377 '생철(양철)' 의 평안북도 지역 사투리.

378 '철도호텔' 을 평양 발음으로 쓴 것. 철도호텔은 1925년 평양에 설치된 국영 호텔로 철도국이 관리했다.

379 굴뚝.

380 아주 많이.

381 '섣달' 의 방언.

382 병과별 금장(襟章). 금장은 제복의 옷깃에 붙이는 휘장.

383 세룰리언 불루(cerulean blue). 맑은 하늘의 빛깔과 같은 밝은 파란색.

384 surrealistique. 초현실적.

385 지금의 시의원에 해당하는 일제 강점기의 지방의회 의원.

386 걱정하는 모습으로.

387 지적하여 이름을 부름.

388 천하거나 가난한 처지를 벗어나 앞길이 훤히 트임.

389 평안남도 안주에서 상품으로 생산되던 자수.

390 absent.

391 나부산의 빛깔은 봄, 그림장식 속으로 옮겨 들어왔다. 나부산(羅浮山)은 중국 광둥성 후이저우(惠州)에 있는 산으로 중국 10대 명산 가운데 하나.

392 토사의 유출을 막기 위한 시설과 흙으로 쌓은 둑.

393 가스난로.

394 태평소. 흔히 날라리로도 불린다.

395 ばんちゃ(番茶). 질 낮은 엽차.

396 술.

397 당구장.

398 1917년 러시아 혁명 때 국외로 망명한 러시아인.

399 모자의 일종.

400 아가씨. 처녀.

401 대수롭지 않고 예사로움.

402 이시이 바쿠(いしい ばく). 일본의 근대 무용가.

403 Jean Fran?ois Millet. 1814~75. 프랑스의 화가.

404 이삼 년.

405 알렉산드르 사하로프(Alexandre Sakharoff, 1886~63)과 그의 아내인 클로틸데 폰 데
어 플라니츠(Clotilde von der Planitz, 1893~74).

406 하랄트 크로이츠베르크(Harald Kreutzberg, 1902~68).

407 교만하고 사치함.

408 껄껄 웃는 소리.

409 1941~. 최승희의 제자로 춤을 배우고 조택원의 상대역으로 무대에 오르기도 한 무
용가. 촉망받는 무용가였으나 1950년대 이후에는 무용가로서 활동하지 않았다.

410 toe dance. 발끝으로 서서 추는 춤.

411 위엄이 있고 엄숙한 태도.

412 각각 구별하여 다룸.

413 잘 우는 버릇.

414 비전문가에 의해 행해지는 연극. 아마추어 연극.

415 눈물이 뚝뚝 떨어짐.

416 변덕스럽게 이죽거리며 엇가는 짓.

417 칭찬하여 높임.

418 이해.

419 교만.

420 고운 소리로 우는 새.

421 같은 뿌리에서 나온 다른 가지.

422 미리 작정을 함.

423 고집이 세고 사리에 어두움.

424 깊은 곳. 깊은 뜻.

425 보수를 받기로 하고 일을 맡아 하는 자와 같은.

426 한스러운 일.

427 좌우를 돌볼 겨를 없이 힘차게 나아감.

428 일을 위해 분주하게 돌아다님.

429 욕심이 적음.

430 세상일에 관심을 두지 않고 태평함.

431 남의 편을 들어서 동의함.

432 널리 그득 차 있음.

433 우연히 맞음.

434 하늘이 이루어놓음. 자연스럽고 도리에 맞음.

435 쓸데없이 말을 많이 함.

436 눈을 감음. 편안히 죽음.

437 얼마간.

438 출렁출렁 넘치며 세차게 흐르는 모습.

439 침을 뱉으면서 꾸짖음.

440 개인 간의 사사로운 싸움을 함.

441 걱정하는 마음.

442 근심하는 생각.

443 사물이나 현상의 가장 중요하고 본질적인 부문.

444 노여움을 품음.

445 우대.

446 별.

447 중국 당나라 시대의 시인. 772~846. 본명은 백거이(白居易). 낙천(樂天)은 자(字).

448 예술작품을 즐기며 평가함.

449 세력이나 이익을 얻기 위해 몹시 분주하고 바쁨. 바쁘게 돌아다님.

450 꿀벌.

451 어린아이.

452 더듬거리는 서툰 말.

453 경학에 밝고 글을 잘하는 사람.

454 글씨 쓸 때의 팔의 움직임.

455 일정 기간 먹고 살 양식.

456 모질고 사나움.

457 꽃 피는 아침과 달 밝은 밤.

458 갑자기 부는 바람과 가랑비.

459 소매를 잡고 섭섭하게 헤어짐.

460 fanatisme. 광신, 맹신, 열광.

461 어떤 일을 하는 몸의 자세가 됨.

462 몸.

463 거리낌 없는 마음.

464 한가롭고 편안하게 지냄.

465 변덕스럽게 익살을 부리며 엇가는 말이나 짓.

466 항간의 글 팔아먹는 무리.

467 월단평(月旦評)의 줄임말. 인물을 비평한다는 뜻. 월단(月旦)은 음력의 매달 초하루를 가리킴. 중국 후한의 허소라는 사람이 매달 초하루에 주제를 바꿔가며 향리 사람들에 대한 인물평을 즐겼다는 고사에서 월단평이라는 말이 유래함.

468 즐거워하고 두려워함.

469 권력을 쥐었거나 중요한 지위에 있음.